U0549752

微光

雪倫——著

Chapter 1

每天早上醒來，我不是起床，我是出場，
觀眾是牆上的裂縫，舞台是租來的套房，
人生如戲這場戲，從來沒有人可以喊卡。

微光

不管人生這場戲再難演，我簡凌菲仍舊對這齣戲保持熱情。

應該說，我是個活到四十幾歲還依然相信人生會有happy ending的浪漫（有病）女人，就像看過的那許多教人要把日子過好的書一樣，我知道只要夠認真對待我的日子，就能得到想要的生活。

於是，我成了一個活起來會讓人非常討厭的人。

我有很多原則跟規定，比如作息時間絕對要按表操課，才能保持身體健康，讓膠原蛋白流失的速度緩一點，只要一天時程打亂，我整個人就會覺得渾身不對勁不舒服，就像看到沒有置中的文字或圖表一樣，完全不能接受，差個〇．一公分我照樣全身癢。

我知道某種程度上，這可以稱得上是強迫症，但我不但不介意旁人嫌棄的白眼，我對於這樣的生活樂此不疲，沒有任何人可以阻止我走向幸福的路。

堅定、節制、努力、保持，是身為一個已經有年紀的女人必須遵守的教條，我像頭牛一樣，自己默默耕耘，想離美好再近一點，這不就是生活嗎？或許在別人眼中看來，我有病而且有點偏執的瘋，但又如何？最常聽到人家對我說的一句話就是，「妳有必要做到這樣？」

「有。」我通常是帶著微笑回應這些困惑，我不明白，我又沒讓他們跟我過一樣的日子，他們究竟在抗議什麼？

每天早上起床先灌一杯溫水，一定要溫的，早餐就是香蕉和水煮蛋，放進口中的食物至少要嚼二十下，設了八個不同的鬧鐘提醒自己補充保健品和調理身體的中藥，絕不跟同事點下午茶，也不喝含糖飲料，炸物只允許自己兩星期吃一次，酒則隨著年齡增加而減少喝的次數，身體健康才不會顯老。

我很努力地愛我自己，看了很多心靈書籍，固定打坐、冥想、正念、練瑜伽練到考取執照，學著好好呼吸，告訴自己，保持心情平靜、情緒穩定，喔，還有，我要隨時保持熱情，我想眼中有光、有好奇心，想活得閃亮，與其說我不喜歡被厭世感帶著走，更直接地說是害怕，我很懦弱，我知道以我的個性，一旦掉進那個無法控制的洞，我就會被黑暗困住，而且永不翻身。

其實，我曾經墜落過，做了好久的惡夢。

分不清楚追在後頭的猛獸是真是假，至今仍不懂那時的我到底怎麼了，明明每一步都小心翼翼，到最後卻還是踩到了一坨屎，直到現在，我還覺得身上有臭味，也不知道這股味道會不會跟著我一輩子……

偶爾我會問自己，愛人，不對嗎？

不管今天愛的是誰，家人情人朋友，我都是很願意付出愛的人，因為愛人讓我感到滿足，看到他們因為我而開心的樣子，我的心就會像融掉的棉花糖，毫無防備地付出所有的甜，想滲進我所愛的人的身體細胞裡，暫時替他們擋掉些微人生裡的苦，只願他們始終快樂。

有人說我是討好型人格，最後誰都不討好；也有人說我是高敏感人格，太容易產生共情；也有人說我像一根蠟燭，是只想犧牲自己照亮別人的付出型人格。

但，so what？不管是哪種人格，自己覺得開心不就好了嗎？

我曾參加過一場講座，老師說「慷慨付出的人大腦容易產生催產素，可以時常感到滿足，這就是身體帶給我們的力量」，所以為什麼我媽常說施比受更有福，可以付出的人代表他擁有很多，有餘裕的人才能給，不是嗎？我好像就這樣把這句話聽了進去，然後身體力行，我爸說這就是家教、是品德、是人格。

我爸是高中退休老師，對於教育有很多想法，話是這樣說，但他說自己的小孩最難教，這點我倒是可以認同，他總是說了很多重複的話，好像這樣就能說服我們三個孩子變乖，我哥跟我妹怎樣想我是不知道，但我好像有被我爸成功洗腦，排行老二的我最聽話了。

小時候坐在餐桌上，別人家可能是禱告，我家則是以我爸的長篇大論做為開胃菜，但隨著年紀愈大、後來退休，我爸可能也辭窮了，現在都是第一個拿起筷子吃完飯離開餐桌，安安靜靜去玩他數獨，那些關於教育的抱負，到了七十歲，現在只剩下他的小腹。

我最好的朋友，鄭海洋，很喜歡聽我講家裡的事，她覺得我的家庭是她夢想中家庭美好的樣子，或許是經常看到她羨慕的眼神，我也不自覺地認為我該感到知足，對比海洋父母對她的苛刻，我能在健全的家庭裡長大已經是不幸中的大幸。

但不知道為什麼，我最近偶爾會突然冒出「身而為人」著實很不幸的念頭，心底深處總會長出幾朵叫作「厭倦」、「疲累」的發霉香菇，我得在它們還沒長出更多之前，想辦法轉念。

我知道人要懂得感恩，比上不足比下有餘，還有什麼好抱怨的，我甚至會拿起手機打開錄影功能，對著自己喊話：「簡凌菲，妳還有什麼好不滿的？」然後刪掉那段負面的影片，就像除去那瞬間自己畫下的汙點，沒有必要讓壞情緒留下。

既然好不容易當一次人，我真的想要好好過。

所以我非常努力地追求身心靈的平靜，會在晚上睡前給自己一個小時的 chill time，完全不使用手機，聽著頌缽音樂，寫下明天的待辦事項，接著再冥想靜心，找回最純粹的自己。

但每次說到這個，海洋就會問我，什麼是純粹？

按照我上個月參加那堂心靈課程的說法，純粹就是完全沒有雜質，就像一杯清水，透明到看不出多餘的東西，保持內心不受過多的「他人期待」、「社會標準」或「過去傷痛」影響，而是真正按照自己的感受、價值活著……

然後鄭海洋就會打斷我：水裡面的確有些我們看不到的礦物質，也沒那麼pure吧？這時候，我就會選擇略過，平安喜樂，換個方式說給她聽。

上星期我參與的禪學活動，大師要我們活在當下，而不要活在框架，所謂純粹的人，不是完美無缺，而是真實地接納當下的自己。當我再次完美表達我上課所學的成果，海洋的男友藍一銘皺眉對我說：「嗯……我好像聽了點什麼，但又好像什麼都沒有聽懂。」

因為你們沒有慧根。

書本上有教，純粹不是追求更多，而是減少內耗。所以我還是盡量別跟他們聊到這些，避免我過度壓抑想掐死他們的衝動。我深呼吸我不躁進我要內觀，所有人在這世上都有他的功課，我身邊的人我遇到的事我經歷的這一切，都是我活著的練習。

這一切就是在證明我的價值，我不能被影響。

好，深呼吸，我要好好冥想好好靜心……

但每次都是這樣，愈想靜心，心就愈靜不下，腦海莫名閃過幾萬個念頭。

對了，我媽叫我明天要記得帶我買的手工水餃，不要拿到韭菜口味的，要是簡凌誠吃到會跳起來說我是不是要謀殺他，我哥四十六歲了還很挑食，最近看他跟我爸各坐在沙發的兩頭玩數獨，感覺好可憐好心酸，難道男人就只能過著這種無趣的生活嗎？

欸欸欸，思緒回來！怎麼可以又飄走了？靜下來靜下來……我妹那天才跟我抱怨，馬卡龍我只買一盒，結果被大嫂拿進房間，她半顆都沒吃到，那明天我得早點去排隊，畢竟不排都不是名店……拜託！我到底在幹嘛？今天為什麼總是靜不下來？

我努力再試一次、兩次，最後還是乾脆站起身，很想踢旁邊抱枕一腳發洩，討厭力不從心的自己，但抱枕無辜，是我自己的問題。我忍住的同時，聽到開門聲，我是打從心裡露出微笑，轉頭看向門口喊，「寶貝回來了？」

我迅速移動我的腳步，朝聖勇撲了過去，緊緊抱住他，狠狠吸他身上的味道。

他沒有阻止，放任我熱情貼近，接著摸摸我的頭，「打坐完了？」

我笑笑回應，「可能是有感應到你要回家了，我坐不住。吃了沒？」

他苦笑搖頭的時候，我已經走向旁邊的小廚房，「那你去換衣服，我做點簡單的消夜給你吃。」

「陪我吃。」他要求。

「不行，我過八點不能亂吃，會胖。」

「妳這輩子都跟這個字沒關係。陪我。」他語氣並不撒嬌，但聽得我心都化了，談了戀愛馬上變身廢物的我只能點頭，揮手讓他先去忙他的，他過來親了一下我的臉頰才回房間。

跟聖勇在一起快兩年了。

但我還沒有介紹他給我的任何一個朋友跟家人認識，畢竟戀愛來來去去的對象那麼多，都是留下來的人在面對眾人的惋惜、擔心，他們想安慰我又不知道怎麼開口的表情，讓我看了很不忍，所以我在還沒有完全確定之前，盡量不向眾人宣告我的愛情。

曾經，我以為跟某任感情穩定，甚至到了談婚論嫁的階段，但他突然被外派到國外。他不想放棄難得的機會，而我沒有勇氣請他為我留下，怕承受不住有天他會責怪我當初阻礙他的人生，於是他在桃園機場留下等他打拚一陣就接我過去的誓言後離去，半年後，我收到了分手的訊息，他的女同事懷孕了，他不能對不起她。

五年的感情告終，連告別式都沒有，我沒有收到他任何一句道歉。

海洋氣到買機票要去找他輸贏，被我攔了下來，但她不放棄地在國外半夜時間打電話叫他起床尿尿，直到她的手機號碼被封鎖，海洋甚至到外面找公共電話繼續打，打到他受不了直接更換電話號碼，我則是接到他媽媽打來為兒子道歉的電話，她說，「妳那麼好，以後一定會遇到更好的男孩子，是我們嘉贊沒福氣。」

「是啊。」我也這麼覺得。接著，我慢慢好了，無論我在哪段感情裡跌得狗吃屎，或是差點就要粉身碎骨，我永遠都有預感，我會幸福的，總有一天。

但此時此刻，我只能把這些話放在心裡，不知道從什麼時候開始，相信愛情這件事好像變得無法啟齒，偶爾滑社交軟體，會發現大部分人都在鼓吹單身最好、自由萬歲、想不開的人才會結婚、自找麻煩的人才想生小孩，女人想要一段美好的感情關係，那就是兩個字，可笑。

啊，用詞過猛，可能是比較接近做夢。

就連我妹簡凌安也總是開口閉口就在羨慕我的單身生活，每天都在跟我抱怨老公這種生物怎麼能夠活到現在還沒有滅絕，不管我去吃什麼做什麼，就連逛個夜市，她永遠都是那句「好爽喔，早知道不要結婚」。我一直很想跟她說，這麼不快樂，可以離婚，但我知道她不會，其實她並沒有不快樂，我妹夫很疼愛她，他在婚禮上給我妹的結婚誓約，就是這輩子不會讓她洗一次碗。

直到目前為止，我妹夫並沒有違背他的諾言，所以我偶爾想不明白，為什麼這些擁有穩定關係的人，都在勸別人不要擁有？

於是某次我看到社交軟體上，大家在爭論單身是否比較好時，實在是忍不下去，不小心回了一篇文章，「單身的確很自由，可我還是想要戀愛，我也相信還有真愛。」就這樣，手機通知一直跳出來，無論是苦口婆心還是冷嘲熱諷，都是在批評我很天真。從那之後，我再也不敢在網路上留下任何一句什麼。滑著reels，看著短影片跳出來的「大家瞧！單身的女人可以活得多精緻」，渲染著愛自己最好的方式就是單身，彷彿只有單身才能過上這麼輕鬆愜意的日子，而這樣的影片人人都在拍，這世界變得跟我想像的不一樣了。

我實在很好奇，現在的媽媽們是不是不再讓小朋友看迪士尼公主的卡通了？或是在看灰姑娘的時候，一邊告誡小朋友，不要相信亨利王子，他只是看上仙度瑞拉的美貌，所以才會替她穿上玻璃鞋，根本就是外貌協會。白雪公主裡的佛羅里安王子也一樣，恰好路過就隨便親人家，這是性騷擾。更別說小美人魚裡的艾力王子就是渣男，明知道自己有婚約，還對小美人魚放電。

童話故事裡這些一見鍾情的美妙愛情都是假的，全成了現代警示錄。

還在期盼擁有愛情的我，在現代社會好像是個異類，但我相信一定還有人跟我一樣，可能存在世界的某個角落，我為我跟他們加油，不要放棄愛情。

我仍想奮不顧身地去愛一個人，也想要這樣被愛著，想要看到心愛的人吃我做的料理會發出好長的「嗯」，然後表情滿足；也想聽到明明我說了很爛的笑話，他卻能樂開懷的大笑聲；想跟他賴在床上互相推託誰要去拿外送，跟他分配好誰掃地誰洗碗，在外面看到對方喜歡的東西，就會像個驚喜小精靈偷偷買下，為對方施展愛的魔法。我好愛這樣的感覺，陪伴、依靠、穩定。

聖勇就是可以給我這些的人。

我們在某間餐廳共桌時認識，他意外掉了錢包，我追出去後，看到他已經鑽進車門。我不知道他叫什麼名字，只能喂、欸地叫喊著，但他當然不是喂也不是欸，他沒有聽到。等我越過斑馬線衝過去時，他車子開走了，我就這樣追著他的車，跑了三個路口，直到某個紅燈亮起，我已經喘到快要呼吸不過來，雙腿發軟地直接打開他的車門，坐了進去，我永遠忘不了他被嚇傻的表情有多可愛。

愛一個人需要很多理由嗎？不，只要一個表情就夠了。

聖勇換好衣服，過來幫我把煮好的義大利麵、沙拉，還有我為他熱的牛奶端上桌，我只拿了一副餐具，他笑笑看我，「又只拿一副，是要我餵妳？」

「你不餵，剛好我可以不要吃。」

「偶爾破戒一下也還好吧？」

「我不想失控，而且我有吃晚餐，肚子餓的是你。」

聖勇一臉拿我沒辦法的樣子，坐到位置上去，我也拉了旁邊的椅子入座，開始跟他分享，「寶貝，你知道我今天發生什麼事嗎？」

他有點擔心地問我，「怎麼了嗎？」

我搖頭微笑，「什麼也沒發生。」

「啊？」他錯愕。

我解釋著，「就是普通的一天啊，沒事就是好事，是不是很棒？」

他笑著餵我一口沙拉，沒沾到醬的，他還是很懂我的堅持，笑笑回應我，「嚇我一跳……不過妳說得對，沒事的確就是好事，年輕時不覺得，現在覺得能平安度過一天都沒那麼容易。」他用力吸麵，語氣平常，但我知道他有事。

「公司還好嗎？」我盡量不多問，畢竟是他的事業，給予過多關注反倒是一種壓力。算起來快一個月沒問了，今天關心一下應該還可以吧？我在心裡默默想著，打量他的反應，不知道他會不會回答我。突然聖勇放下叉子，起身拿來一疊錢放在桌上。

我嚇了一跳，「怎麼了？」

「還妳的，這邊十萬。」

我連忙把錢推過去給他，「你就先留著周轉啊，請工人什麼的都要錢。」

「好不容易有一筆款項下來，就先還妳一點，其他的我會再慢慢還，新設備這個月已經到位了，這幾天試用起來還不錯，就等一切上軌道了。」聖勇邊吃邊說，臉上表情看起來滿懷希望，我不禁也鬆了口氣。

我知道他在創業，自己老闆兼工人地做一些環保清淤工程，算是大包商拿了案子，分一點出來讓他做，所以款項也都得等大包商拿到錢，才能再撥給他。偶爾他還得當大包商老闆的司機，等著他們應酬完都半夜兩三點了，再送大老闆回家，真正可以休息的時候已經接近凌晨。為了把握時間見面，他買好早餐在我家門口等我起床，偶爾跟我一起吃，偶爾送我上班後他才回去睡一下，中午前得趕緊醒來進廠繼續工作。

最後，我開口讓他搬來一起同住，他退了租房也能省點錢。他說他什麼都沒有，但很願意打拚，總有一天會給我所有我想要的。

其實我想要的也不是他事業有成，而是他可以好好生活，但他有他的夢想，像我這種只求穩定過活的人，可能不知道擁有夢想閃亮亮的感覺是什麼。我在一個再平凡不過的公家機關上班，領著政府的薪水，累積到現在，每年也能請個二十天特休，好讓我一年出兩次國，人家說日子過得滋潤，我無法反駁。

我最害怕看到他低潮的樣子，跟聖勇在一起後，我發現我實在不擅長說鼓勵的話，一句加油也要想很久才能開口，深怕自己會讓他感到更加不快，安慰人什麼時候變成我的弱項了？好幾次句子在我腦子裡翻翻轉轉兜來兜去不停地排列組合，最後都被吞下肚，變成我的胃酸，這實在是太難了。

如果有人開一堂「如何安慰另一半」的課，我會第一個報名。

今天不用安慰聖勇，我感到超級輕鬆愉悅，我開心地抱住他道恭喜，「太好了！一切都會愈來愈順利！」說完我自己感到嘴軟，怎麼會這麼老套，難道沒有別的詞可以用了嗎？接著是羞愧的情緒莫名湧現，我很清楚，我不只是為聖勇開心，最主要還是為了我自己。

我把那十萬再次推回給聖勇，「等你上軌道之後再慢慢還我錢，留點錢在身上，你還可以應急，不要拒絕我。」

聖勇沒說話，只是伸手把我抱得好緊，瞬間，我感到更加抱歉，我是不是也成為那種用錢來打發對方的伴侶，而不是真的用心？在我滿肚子都是對自己的疑問時，聖勇拉起我的手，吻上我的無名指，很認真地對我說：「妳再等我一下，我一定很快讓這裡有一只妳跟我的婚戒。」

我笑了笑，還是很吃這套，我的確還是好想結婚，好想找到自己的歸屬，也同時可以成為誰的歸屬，在偌大的世界裡，我們只屬於彼此，想想都覺得美好，雖然我不一定相信永結同心，但我相信相愛的瞬間都是真心真意，是宇宙精心安排的浪漫，我想體會一次。

我忍不住問，「明天我家家庭日，你要來嗎？」這是我第一次提出邀請，我其實有點害怕，不知道從哪段戀情開始，我就抱持著一個原則，如果對方沒有主動要求認識我的家人，我就不會問，我不想造成對方的困擾。

但我曾見過聖勇媽媽一次，那次我們去日月潭玩，結果我不小心扭到腳，他說他老家在鹿谷，他媽媽會推拿，而且還會自製跌打損傷的藥膏，讓我先去給他媽媽看一下腳的狀況，我就這樣被他帶回家。他媽媽是個很嚴肅的人，對於兒子北上打拚十分不以為然，我被他媽推拿著腳踝，邊聽著他們母子之間的戰爭，我感覺得出來，他媽媽只是心疼他，跟我一樣。

就這樣，結尾停在他跟他媽不歡而散，我成了夾心餅乾被擠到露出去的餡，我沒辦法幫誰講話，在開車回臺北的路上，我第一次看到聖勇眼眶含淚，努力壓抑情緒地說了一句，「我這麼努力也是想讓我媽過好日子，我想讓她看得起我，我要證明我沒有錯。」

我心疼地看著他，應該要跟他說，「我知道，我明白，我都懂。」但我說不出口，畢竟我今天才知道這些，是能明白什麼，又能懂個屁？我覺得這樣的話說出來根本就很不負責任，沒有任何人能真正地共情別人的苦痛，即便我們是戀人，我也不能如此自負。我不知所措，什麼都做不了。

於是我把音量開大，用我的歌聲娛樂他。聽過我唱歌，沒有人能不笑，幸好聖勇不是例外，他先是錯愕，接著哈哈大笑，我短暫地帶走了他的情緒，可是他心中憂鬱的結始終牢牢綁縛著，就我所知，他後來再也沒有回家過了。

我突如其來地問他要不要去我家，弄得他有些慌張，我連忙說，「只是問問，你不要緊張，不需要勉強啦，你也知道，每個月第二個星期日就是我們家的家庭日，剛好就順口問……」

他沒等我說完就回答，「好啊。」

「真的？」我又驚又喜。

他用力點頭，「的確是該去打個招呼。」

「雖然沒見過面，但他們可是吃了很多你買的東西，上次你帶回來的烏魚子，我也拿回去給我媽了。」

「應該的。」他說。

「沒什麼是應該的，你願意，我就很開心。」

我抱住他，他也抱住我，我開始想像明天應該怎麼介紹聖勇才好，我好久沒帶男朋友回家了，大家會不會被我嚇到？感覺我爸媽都要放棄我了，現在突然有個可以結婚的對象……

我光想著家人的反應，便忍不住笑了。

好幸福，就算心碎了千萬次，還能談戀愛。

我是這樣帶著微笑入夢的，但隔天早上五點卻被電話鈴聲吵醒，我看到忘了把手機調成震動的聖勇從床上彈起，慌亂地接起電話，擔心吵醒我，小聲地對話。當他喊出大老闆的名字時，我知道美夢差不多該醒了。我坐起身，看著他皺眉但語氣恭敬誠懇地應答。當他掛掉電話看向我，一個字都還沒說的時候，我已經回應他了，「沒關係，你忙。」

聖勇過來抱住我，想要安撫我，但這些話實在聽過太多次，我很清楚他的身不由己，既然要支持他的夢想，我就不應該還讓他道歉，所以我微笑地拍拍他，正色告訴他，「我沒有生氣，也不會難過，你假日還要應付大老闆，我可是回家吃吃喝喝，怎麼說都是我輕鬆。」

「劉董臨時要出國一趟，叫我送他去機場，不然晚一點結束，我再跟妳聯絡，過去找妳好嗎？」

「好。」我雖然這麼回應，但我知道聖勇出現的機率應該不高，我有預感。

於是他拍拍我，像哄小孩一樣，讓我躺回床上，替我拉好被子，自己則是去梳洗換衣，在離家前親吻我的額頭，「妳再睡一下，我先去劉董家等他。」我點點頭，目送聖勇走出家門。

二十年前的我可能會大鬧完躲在被子裡哭；十年前的我應該是跟對方大吵一架，搞得彼此兩敗俱傷才甘願；但現在的我，對於跟情人吵架這件事是能免則免，因為沒有體力生氣跟傷心。每個時代都有不同的戀愛節奏，現在就像泡老人茶，香就好，不苦就行。

海洋常說，以前年紀小，怎樣都不想輸，但現在年紀大了，對所有事的第一反應卻是選擇妥協，怎樣都行，別煩就好。好像不得不承認，她說得沒錯，妥協不是輸，只是選擇讓自己過得平順一點，不再為一點事燃燒自己，得省力地活。

調整好心情，我也沒了睡意，決定早點起床整理打掃，把該買回家的東西都買一買。媽最近說她手痛，我還是回家幫忙煮飯，畢竟我大嫂在嫁過來之前就直接跟我媽說了，她不會煮菜也沒打算學，如果媽媽不想煮，她很樂意叫外送。我沒忘記我媽聽到這句話時，用了多大的力氣擠出笑臉，我都以為她要中風了。

我哥還沒結婚前，簡凌安就鐵口直斷地說簡凌誠肯定是老婆狗，那時我媽還氣得罵我妹怎麼可以說自己哥哥是狗，可今時今日，我媽偶爾也會跟我抱怨：生兒子不如養條狗，餵狗吃飯，狗還會對著我叫，現在呢，兒子只會對著老婆搖尾巴！

我只能開導我媽，這條狗至少沒有忘記家在哪裡，算乖了。

於是我風風火火地去了市場，兩手提滿東西，像在練重訓一樣地趕在早上十點半之前回到家，這樣保證能在十二點開飯，畢竟我五歲的小姪女悠悠最愛吃我做的炸湯圓，還有兩歲半的雙胞胎外甥圓圓滿滿在等著我抱，結果門開卻是一室寂寞，家庭日居然沒有任何一個家人在家？

我點開群組訊息，對話停在三天前簡凌安喊著：「開補習班好累，不想當老闆娘只想當老娘！」我爸回她一個笑臉貼圖，現在只有我爸會接我妹的牢騷，然後就沒、有、了！

所以，我就問人呢？怎麼可能不在？

於是我傳訊息問了，盯著螢幕等著看訊息被已讀，結果螢幕戰勝了我，我都看到眼花了，還是沒有人讀取，我打電話給我媽，下一秒，手機鈴聲從她房間傳出來，算了，重新打給簡凌誠，好的，沒有接。

我懶得再打，或許他們只是剛好各自有事出門，等一下就回來了，我趕緊先做我該做的，把東西提進廚房，開始料理，切薑切蒜、備料剝蝦、醃肉燉湯，為了能做出好吃的料理給大家吃，我還去上過各種泰式西式中式料理班，要我現在開間餐廳也是可以的，我迅速且有秩序地完成一道道料理端上桌，七菜一湯備好，還是沒有人回家，我坐不住的個性迫使我又開始整理起冰箱，把過期的東西丟一丟，我媽沒力氣刷乾淨的鍋，我用力多刷兩下，接著又打掃起客廳，我爸常坐的沙發位置都陷下去了，馬上寫了封email問廠商是不是可以單換坐墊，順便替我媽預約了除蟎的居家清潔服務，她前兩天打給我，說悠悠最近過敏咳得很嚴重，但兒媳婦表示不要緊張過度。

能做的事都做完了。

當我找不到事情做的時候，看了一眼手錶，已經下午一點半了，我開始有些不耐煩，決定打給我妹，問她是不是有接到今天家庭日取消的消息，為什麼連她也沒有回來，結果電話也沒人接，我不服氣地打給所有擁有手機的家人，還是沒有半個人接我電話，像是說好了簡凌菲要是打來絕對不要接一樣。我思索所有電話為何打出去像打水漂一樣消失在湖裡，最後居然開始檢查起自己的手機，難道是我訊號有問題？是電信公司故意把我撥出的電話轉到外星球去？

這時，開門聲音傳來，我的家人們全都回來了，我正準備要抱怨的時候，我媽居然說：「妳怎麼在這裡？」我頓時內心火山爆發卻又要細水潺流地反問，「不然我要在哪裡？今天不是family day？結果沒有人要接我電話？」我媽才剛要開口，我馬上阻止她，「我知道妳沒帶手機。」接著看向其他人，「你們幹嘛不接？」

簡凌誠說話了，「餐廳就很吵啊，沒注意聽。」

「什麼餐廳？」

大嫂回我，「就一間米其林三星的創意料理店。」大嫂笑得挺開心的，顯然那間餐廳很合她的胃口，但我根本不在乎他們吃什麼，管你幾顆星！

「我是問，什麼時候約好去吃餐廳的？」

我爸坐回他的位置上，拿起數獨本，「上次小安回來，說出版廠商要請客，訂了一個包廂啊。」

換簡凌安開口，「欸，你們沒人跟二姊講嗎？我不是說包廂位置不夠，沒辦法再多擠一個人，所以只能犧牲二姊，我們這樣一家子一家子的，總不可能叫我老公別去，還是大嫂別去吧？」

大嫂沒好氣地瞪我哥，「你不是說你會跟凌菲講？」

「我就不小心忘了啊，不就一頓飯，也沒多好吃，而且上次媽明明說，她有空會跟小菲講啊。」我哥反駁，沒有人想背這個鍋。

我媽參戰，「我是說我如果有打給她就順便講。」接著又轉頭唸我妹，「奇怪，這妳約的，妳怎麼不自己告訴姊姊？」

我爸見不得誰說簡凌安一句，就連他老婆也一樣，於是他又說話了，「好了啦，芝麻點大的事，也值得這樣吵來吵去？」接著看向我，「如果妳想吃，下次再去就行了，也沒什麼吧。」

是啊，大概就是都覺得我不認為有什麼，才沒有人記得要告訴我這件事，我大概就是習慣性被遺漏的那一個。我深吸口氣，淡淡地看向那整桌菜，「如果早點說，我就不用趕著回來，煮了一桌飯，傻傻地等大家回來，然後你們還都吃飽了。」我獨自一家，的確很好被忽略，也很容易被捨棄，一個人跟人家團什麼圓？

我妹突然又說：「不然菜錢妳看買多少，我付嘛。」

我看向我妹，「我看起來很缺錢嗎？」一旁很安靜的妹夫連忙把我妹拉到旁邊，示意她不要再多說話。這時我眼角瞄到大嫂用手肘頂頂我哥，我哥就走過來對我說：「簡凌菲，妳心情不好喔？今天攻擊性這麼強？」

我在心裡苦笑，很無奈地看著我哥，不明白我到底攻擊誰了，本來還想嗆他一下，結果看到我媽擔心兒子受傷的表情，我也懶得多說，轉身打算把菜包好收進冰箱，悠悠突然蹦蹦跳跳地走到我旁邊說：「大姑姑還沒有吃飯嗎？我陪妳吃啊。」

「謝謝妳，但是大姑姑不餓。」氣都氣飽了。

悠悠爬上餐椅，指著桌上的炸湯圓，「我要吃炸湯圓。」大嫂馬上阻止，「不行，妳剛吃很飽了，現在又吃炸湯圓，肚子會脹脹，晚點又說肚子痛。」

「我要吃！」悠悠不放棄。

「不可以，下來。」大嫂提高音量，悠悠仍搖頭回應，「我要吃！阿公阿嬤，我要吃……」悠悠吵鬧起來，兩個雙胞胎本來在推車上睡覺也被吵醒，聽到姊姊在哭嚎，也莫名跟著哭。

瞬間，我們家的食物鏈顯露無遺：我爸跟我媽一人一句「吃一點不會怎樣」地安撫著悠悠，我大嫂氣得瞪我哥，要他出來說說話，不要那麼慣悠悠，我哥不知所措，我媽聽到兒子被罵，也忍不住叨唸起兒媳，換我爸要我媽少說兩句，一旁我妹夫一打二在照顧崩潰的圓圓滿滿，而我妹則是舒舒服服地坐在我買給我媽的按摩椅上，整個客廳的分貝達到一百三十甚至更高。

我的耳膜好痛，腦子出現嗡嗡聲，莫名其妙地從腳涼到了頭頂，皮膚上的毛細孔瞬間張開，全身發麻，在眨眼閉眼之間，我彷彿來到另一個空間，那裡的人也很多，大家都在奔跑，緊急的呼喊聲由遠到近，有些模糊，站在原地動彈不得的我心跳正在加速，幾乎快要喘不過氣時，有人把我拉了回來。

我暗暗撫著胸口，低頭一看，是悠悠，我還有些反應不過來，茫然不知自己剛剛去了哪裡，悠悠拉著我的手，另一隻手上拿著咬了一半的湯圓，我這才看向四周，我妹邊發出筋骨通暢的啊啊啊聲，邊對我媽低聲說，「媽，妳兒子現在應該在房間跪算盤了。」

我媽恨鐵不成鋼地氣到搖頭，「愛跪老婆去跪，以後我死了不用他來跪。」

我妹夫難得說話了：「媽，不要說這種氣話。」

「孩子吃顆湯圓是怎麼了，有毒嗎？」我媽負氣地瞪向我哥的房間。

我妹露出舒爽的臉，講著最欠揍的話，「大嫂就不喜歡小孩吃炸的嘛，她在群組不是有一張給悠悠吃什麼的清單嗎？五歲以後才能吃巧克力跟洋芋片，一星期只能吃一顆糖果。都嘛二姊，沒事幹嘛炸湯圓？」

然後我爸也附和了，從數獨本裡抬起頭對我說，「妳媽要是沒讓妳煮，妳就別白忙啦。」接著他便回房間休息。我聽不出他這是擔心我累，還是也認為我帶來麻煩，但怎樣都無所謂，早習慣怪來怪去，最後錯的都是我。

任何一次戰爭，總是要找出一個戰犯才會結束。

我妹被兩個兒子的哭聲吵到按掉按摩椅，氣呼呼地過去哄兒子，邊數落妹夫，「到底在幹嘛？看不出來他們想喝水了嗎？平常就都是我一打二，讓你日子過得太輕鬆了！」我妹把孩子抱進她的房間，妹夫也趕緊跟了進去。

我媽疲累地對我說，「菜冰冰箱吧，出去一趟就好累，真的是老了，我去睡一下。」說完也離開客廳。

然後，我突然在想，如果我沒回來，是不是就沒事了？

吃完湯圓的悠悠笑嘻嘻地跟我說，「湯圓好好吃，謝謝大姑姑，下次還要做給我吃喔。」我看著她揚笑的嘴角帶著深深的梨渦，剛剛那個想法瞬間煙消雲散，如果我沒回家，怎麼能看到這麼可愛的悠悠？

我打起精神，微笑回應她，「謝謝妳的喜歡喔。」

「我可以幫忙。」她指著桌上的菜，一臉期盼我答應她。

於是我點了點頭，帶著她好好地整理了餐桌跟我的心情，她跟我抱怨幼兒園的男同學都很幼稚，對，沒錯，一個五歲的小孩說她的同學幼稚，我這才大開眼界，原來幼稚不分年紀，然後又說她比較喜歡學畫畫，可是我大嫂偏偏要她去學小提琴，我聽著她跟在我後頭的叨叨絮絮，心疼五歲的小孩怎麼有這麼多煩惱跟掙扎。

我伸手抱抱她，「沒關係，妳可以先試著了解小提琴啊，搞不好妳弄懂之後就會喜歡了，對不對？」

「我怕學不好，媽媽又要生氣。」

「不對，妳要想，如果學不好，妳自己會怎樣？」

「應該會難過吧，覺得自己笨。」

「又不是每個人學什麼都一定要會，像大姑姑就學不會游泳啊，我到現在還不會換氣呢，可是妳會耶，妳是不是很棒？」悠悠點點頭，「所以如果最後還是學不會小提琴也沒關係啊，不用難過，不是笨不笨，就是妳跟它沒緣分。」

「緣分是什麼？」

「就是一條線，可以綁住所有留在妳身邊的東西。」

「那我有綁住大姑姑嗎？」

「當然有啊，不然我怎麼會炸妳愛吃的湯圓，買妳最愛的布丁狗餐袋、大耳狗書包還有貝兒公主的水壺？」

悠悠補充，「還有Elsa的娃娃。」我笑了笑，她親了我一下，「大姑姑，阿嬤說妳應該嫁不出去了，妳沒有自己的寶寶，以後沒有人照顧妳。」

我苦笑，「是嗎？」

「但我有跟阿嬤說我會照顧妳。」

「謝謝妳喔。」

「不客氣，因為我最喜歡大姑姑了。」

「難道不是因為我買了妳喜歡的布丁狗？」

她突然很認真地看著我，「才不是，我可以不要布丁狗，但是我要大姑姑。」誰能抵抗這樣的甜蜜攻擊，要我再白做幾次炸湯圓我都願意，我拉著她的小手說，「大姑姑好開心喔，謝謝妳這麼疼我。」

「因為大姑姑是最好的人啊。」

悠悠用理所當然的語氣說完這句話後，我直接抱住她，因為我害怕讓她看到我感動到痛哭流涕的樣子，沒想到她又補了一句。

「我長大也要像大姑姑一樣。」

我忍著眼淚，靠在她小小的肩上，「確定？」

「很確定，一百分確定。」

「嫁不出去，妳媽會擔心。」

「我可以像是把爸爸娶進來那樣啊，那麼簡單。」

我眼淚只些微地殘留在眼角，被悠悠一臉得意的樣子逗笑了，真不枉費當初大嫂坐完月子患了產後憂鬱症的那大半年，我每天下班準時回家幫忙帶悠悠，吃喝拉撒陪睡，能換到她這樣的肯定，我該滿足快樂了。

即便今天整天，我心裡仍抱著小小的期待，聖勇會不會在某個時刻打來跟我說，「我現在就去妳家找妳。」為此我還將手機從震動調成聲音，它卻安安靜靜地躺在我的包包裡。哼都沒有哼一下。

怎麼手機比我還會裝沒事？

Chapter 2

把自己收進安靜的角落，
不吵不鬧，等一個人，
願意把我放在第一位，
而不是最後想起。

整理完東西後，我並沒有馬上離開，而是陪悠悠看了幾本繪本，聽她說著她生活上的瑣事，她說班上男同學都會故意欺負一個最矮的女同學，「怎麼會有小孩這麼壞？」她憤憤不平地對我說。

我覺得好笑，「所以妳覺得小孩都是好的嗎？」

「對啊，他剛出生幾年耶，怎麼那麼快就變壞了？爸爸說取笑別人是不對的，做不對的事就是壞人啊，後來我告訴老師，他就不敢了。」

「妳很棒喔。」

「阿公也說我很棒，可是阿嬤叫我不要管別人。」

「那妳怎麼想？要聽阿嬤的話？」

她看著我，歪著頭眨了眨眼睛，思索片刻後說：「反正欺負同學就是不可以。」她氣呼呼地出聲，我大概可以想像她將來肯定會成為自己想要成為的那種大人。我看了一下時間，並不打算留下來吃晚餐，這種氣氛，我不在，大家可能會覺得比較輕鬆。我收拾著地上的繪本，「差不多了，大姑姑還有事要先走了，妳要不要回房間？」

「大姑姑不要走，這裡有妳的房間啊，妳為什麼不住這裡？」

其實我之前還算經常回家住，直到悠悠出生後，我的房間暫時被當成嬰兒房，再然後又成了倉庫，床上早就堆滿了東西，連枕頭都被我爸拿去當他房間沙發的靠墊，可以用的東西都被剛好有需要的人拿去使用，我不知道那個房間現在還有什麼是我的，不過被悠悠這樣一提醒，我也好奇起來，想起上次進自己房間可能都半年前了，便忍不住轉開我的房門。

連床墊都沒有了，書桌上散落著一些我沒帶走的書跟舊眼鏡，地上堆了好幾個收納箱，不知道是誰的，占據了可以走動的位置。悠悠從我身後探出頭，露出驚訝的表情，「啊，床怎麼不見了？」

我順勢笑笑地回應，「對啊，床不見了，大姑姑怎麼睡？」

「我有小被子可以給妳。」

「謝謝，但我喜歡我現在的床。」

「好吧，那就不勉強妳了。」

我笑了，「妳說話怎麼那麼像大人啊？」

「因為我正在長大，我很快要上小學了。」

我還是只能笑，無法反駁，「走吧，這裡灰塵很多，我們出去，免得等等妳又咳嗽了。」

悠悠點頭，轉身要走時，突然在書桌跟牆的夾縫裡抽出一張大照片，「大姑姑，這裡有東西耶。」我好奇地跟她一起看，是小時候的全家福，我最不喜歡的一張照片，原本是掛在客廳的，不知道怎麼會連框都不見了，只剩下泛黃的相紙躺在我的房間……

「姑！這是妳跟爸爸他們小時候的照片對不對，我認得爸爸……」

我看著照片，突然像有人在我面前把空氣抽乾一樣，口乾舌燥，吞下去的不是口水而是深深的恐懼，十歲的自己以為長大就不會害怕了，沒想到長大後害怕的事情更多，害怕自己勸不了自己，害怕自己無法跟過去和解，害怕用盡力氣的體諒全是白費力氣，所以不時提醒自己，爸媽不是故意的。

那天是我妹的五歲生日，爸爸帶著我們全家去百貨公司吃我妹喜歡的漢堡，碰到當天有攝影展活動，我媽提議拍個全家福，於是我們站在背景前，我媽勾著我哥的手，我爸摟著我妹，只有我的雙手無處安放，被攝影叔叔吆喝著站到邊邊，說這樣畫面比較協調。明明現場人那麼多，卻好像只有我聽到那句話，然後放在心裡，很介意，很想跟那個叔叔說，我為什麼要站邊邊？但我沒有勇氣說出口，我只能故意把身子縮到最小，只露出半邊臉，想讓他生氣。

但他沒有，直接按下了快門，後來，收到百貨公司寄來的照片，我的臉只占了整張照片的一平方公分，像是暗示我在家裡的地位。

悠悠看著照片，也好奇地問，「大姑姑怎麼那麼小？」

我微笑簡單帶過，「我不喜歡拍照。走吧，我們出去了。」

一走出房門，沒想到大家都離開房間來到客廳，像是休息夠了，也像是什麼事都沒發生似地各自在客廳看電視、玩數獨、坐在按摩椅上，雙胞胎正在追逐玩鬧。大嫂從書本裡抬頭，沒好氣地唸悠悠，「大姑姑回來，妳連午覺都不睡了？」

「那大姑姑回家，為什麼你們都要去睡覺？都不陪她？」悠悠反倒好奇地問著大家，頓時不只大嫂表情尷尬，我看到其他人也都頓了一下，只覺得好笑，這氣氛實在有點微妙。我開口跟我媽說，「媽，我要走了。」

「不留下來吃飯？」我媽有點錯愕。

「不了。」

我妹又開始了，「不可能還在生氣吧？二姊，妳有這麼小氣，還是玻璃心嗎？好好好，不然都算我的錯，是我忘記跟妳說，害妳白忙一場，都怪我可以了吧！」她慣用的技倆，明明一點都不覺得抱歉，又要把自己說得很委屈，我曾經被她用這樣的方式氣到偷哭了好幾次，後來我放過自己，把這些話當耳邊風，轉頭對我爸說，「爸，我剛算了一下你高血壓的藥，你是不是有兩天忘了吃？」

我爸的表情心虛，「就忘了，反正都很穩定，少吃兩天也不會怎樣。」

「你血壓會穩定是因為吃藥，這樣不照時間吃，怎麼保持穩定？」

「好啦，知道了，妳快比妳媽愛唸了。」

「媽也有年紀了，她自己身體也不是多好，哪有力氣唸你？」我爸低頭不敢迎視我的眼神，我其實也很討厭唸人，但沒辦法，我爸媽身體不舒服，或是需要幫忙，從來不找我哥跟我妹，永遠第一時間打給我，為了避免有不想遇到的意外，我只能不停地提醒再提醒。

我拿了外套要離開時，我妹像是打了一場敗戰，還想翻盤的時候，大嫂突然出聲喊住我，「凌菲！妳哥有話要跟妳說。」

我妹愣住，我哥則是有些驚慌地看著我大嫂，再看看我，不知如何啟齒的樣子，我覺得有點可憐，「怎麼了？」

「就、就……」我哥在那邊「就」了好久，看看我大嫂再看看我，還在「就」，我大嫂狠狠地瞪他一眼。我下意識地偷瞄我媽，看到我媽滿臉心疼我哥的樣子。我盡量用和緩的語氣問他，「就怎樣？快點說。」

我哥還是在那裡，「就……」

最後我大嫂受不了地走向我，露出親切的表情，我知道不會是什麼好事，果然我大嫂開口就說，「想說悠悠長大了，也該有自己的房間，不能再跟我們一起睡了，既然妳現在也很少回家住，是不是把房間整理一下，空出來當悠悠的房間？」

空氣安靜，顯然我爸媽跟我妹都不知道大嫂的盤算，我也沒有想過，連我在這個家僅有的最後一點歸屬也即將歸零。我看向我爸媽，很好奇他們的想法，可他們看起來像站在荒野裡的稻草人般面無表情，陣風把我心裡的那片草原吹得亂七八糟。還沒等我爸媽開口，我妹就很激動地說，「我不管二姊要不要答應，但我房間就是我的房間，我結婚的時候，爸說過會保留我的房間，更何況爸那麼疼圓圓滿滿，每星期沒看到他們，爸會寂寞的。」

我妹夫拉著我妹坐回按摩椅，示意她別多說，但我妹偏偏就是不說會死，「二姊，妳工作那麼久，還是公務員，肯定存了不少錢，買間自己住的小公寓應該還行吧？妳也是要為妳自己打算啊，妳沒有結婚，不幫自己置產，以後怎麼辦？我可是很想買房子，但補習班就還沒開始賺錢……」我妹就是那種用最輕鬆的語氣，講出滿滿惡意的話，卻完全不自知的人。為什麼她會這樣？就我爸寵的。

我哥膽子小，很怕有什麼戰爭發生，就先有如投降般對我說，「凌菲，其實也沒有那麼急……」

「還不急嗎？悠悠很快就要上小學了，難道還跟我們一起睡嗎？你不常嚷著說要一個兒子，請問這樣下去，兒子怎麼來？」大嫂口吻平靜，但說話聽起來就很有氣勢，我哥瞬間安靜了。

這種時候，我爸媽是不會講任何一句話的，最後是誰要決定？誰要妥協？當然是我，那個覺得吵架很煩的我。

「現在裡面很多東西不是我的，看是誰的就自己處理，我的我再找時間收。」我說完時，手機鈴聲終於響了，心裡像被這旋律點亮了燈，不管房間誰要我都給，只要在此刻聽到聖勇的聲音，我就會覺得今天發生的一切都不算什麼，只是一個忍很久終於放出來的屁。

只是我從包包裡撈出手機時，螢幕顯示的不是聖勇，而是我的好友，跟我一樣在家當個習慣吃虧的女兒海洋，但我們不一樣的是，因為我愛我的家人，這一切我心甘情願，但海洋是被逼出來的，她從小到大都被家庭兩個字逼到沒有退路，和她的苦痛比起來，我的還只是紅茶不加糖有些微澀，她就是苦茶本人，所以我沒跟海洋提過家裡的狀況，我總說我家人感情很好。

事實上，一家人的感情的確不差，就跟平常家庭一樣，在外人眼裡可以說得上「美滿」兩個字了，要說我受了什麼委屈，那對別人來說好像也只是雞毛蒜皮的小事，可沒人知道，我就是……就是在和家人相處的時候，偶爾會覺得他們離自己很遠，尤其今天。

於是，我接起電話，先對著電話那頭說：「海洋，等我一下。」接著跟悠悠和家人揮揮手後離去。關上門，看著大門口，我在心底提醒自己，下次要記得打電話確認後再回來……這裡，感覺不像是家，而只是個有爸媽的地方。

「怎麼了？」我把情緒收好後回應海洋。

「在哪裡？」

「今天家庭日。」

「結束了嗎？」她問，我好想回她，不要說結束了，甚至沒有開始，但我沒有，只是笑笑地說：「剛要回家妳就打來了。」

「雪曼姊訂了兩盒妳愛吃的哈密瓜，妳要不要先過來拿？還是我拿過去？」

「兩盒也太多了吧。」我說。

「她知道妳孝順家人啊。」這時聽到孝順兩個字，莫名覺得自己有點愚蠢，「這已經熟了，趕快吃掉比較好。」

「我現在過去，反正順路。」和海洋再隨意亂聊幾句後，掛了電話，我開車前往美蘭樂活寓所，這是海洋工作的地方，一間很特別的療養院，雪曼姊則是老闆，在海洋把辭職信丟給欺人太甚的前東家後，她意外應聘到美蘭寓所擔任行銷，在經歷她人生一場大亂後，有了穩定的工作跟生活，也遇到十分契合的另一半藍一銘。

我們這年紀都不會再稱讚戀人，「啊，他們是很相愛的一對。」愛是很重要沒錯，但愛其實只是根，從愛裡長出來的信任、尊重、理解跟義氣才是能讓感情活下去行光合作用的葉子，光是相愛沒有用。

總之，之前吃過多少苦的海洋，現在就有多幸福。

也因為她，我認識了雪曼姊。有一次，寓所合作的瑜伽老師家裡臨時有事，得請半年假，為了讓裡頭的奶奶阿姨們可以繼續活動筋骨，海洋想到了我。過去每次失戀，我就去學一樣新的東西，我始終認為學來的東西是不會背叛自己的。於是跟那位交往五年差點結婚的男友分手後，我決定去學瑜伽，因為我筋骨很硬，為了轉移失戀的痛，勢必要有個更巨大的痛來轉移，那便是拉筋。

老師帶我拉筋伸展時，我的淚流在瑜伽墊上，不知道是失去一段感情，還是一個橋式的瑜伽動作更讓我疼得撕心裂肺。我就這樣一直學下去，不只瑜伽墊上的眼淚逐漸乾了，我還成了一個登記為RYT200的瑜伽老師，並取得了國際編號。

我妹說我太閒，公務人員又不能兼差，何必堅持上課受訓找自己麻煩。是啊，即便需要上歷時六個月的週末密集班，總共兩百個小時的訓練，我仍舊沒有缺席任何一次的家庭日，就連出國玩，我也會排開，因為我知道我媽喜歡全家人聚在一起熱鬧（不是吵架）的樣子。

原本就很喜歡雪曼姊創立美蘭生活寓所的理念，我便跟海洋說，我先補上，但不能支薪，雪曼姊請我吃一頓飯就好。就這樣，我開始在美蘭寓所裡頭幫忙，跟大家日久生情，就算找到了新的瑜伽老師，雪曼姊說我的位置還是沒有人可以代替，希望我能繼續。我欣然答應，對我來說，這不是工作，而是我能跟大家互相陪伴的很珍貴的時光。雪曼姊不願意讓任何人吃虧，她總會找各種名目送我東西，然後在過年時包一個超大紅包給我，說是給妹妹的，要我不能拒絕，我總是在收下的時候，想到我哥。

不知道他要是看到別人對待他妹妹的樣子，會不會有一點慚愧，畢竟從小我哥就活得像獨子一樣快樂。還記得他退伍回來的那天，居然把我認成凌安，全家都感到不可思議。明明是每個月都能回家一次的替代役，搞得好像去打什麼世界大戰剛光榮回來一樣。我想抗議，但我媽說沒關係。

好的，一向「如果是我」就沒關係，我當然明白，沒毛病。

到了美蘭寓所，走進辦公室，就看到正埋頭工作的海洋，還有那兩盒哈密瓜，我嚇到了，吞下口水才有辦法出聲，「這叫盒?‧這是箱吧？」

海洋聽到我的聲音，從工作中回神，一臉「妳懷疑嗎？」的表情看我，我真的差點腿軟，「鄭海洋，妳確定這是兩盒，不是兩箱？」

「欸，我也問了雪曼姊這個問題，她沒回答我，所以我也回答不了妳。」

「妳要不要拿一些去吃？」

「妳以為我們其他人沒有嗎？」

「好吧，當我沒問，我再傳訊息給雪曼姊。」海洋朝我點了點頭，接著走過來拍拍我，「我昨天就想叫妳來拿，結果一忙就忘記，不然妳今天家庭日就可以順便帶回家了。」

「沒關係。」

「叔叔跟阿姨身體還好吧？」

「老樣子啊，一個高血壓一個心律不整，有好好吃藥就要普天同慶了，不然下次家庭日妳跟我回去唸他們啊。」

海洋笑了笑，「他們有什麼好唸的？已經是很完美的爸媽了，哪像我啊。」我也只能笑笑點頭，沒辦法多說，我知道海洋是如何在不幸中靠著自己用力蹬出那個沒有父愛母愛的宇宙，更知道雪曼姊過去是經歷了多少差點失溫的日子，才能活出現在美好的樣子，比起她們，有著把我好好養大的一對父母，自然是無可挑剔。

我曾在中學的週記寫下自己對家庭的感想，我覺得自己很多餘，結果老師用紅筆把那句話圈起來，在旁邊點評「多想想父母的好，就不會人在福中不知福」。從那之後，我就好像被貼上了嘮聲咒，自己貼的。

這種心情是很複雜的，我很愛我的父母，對於得寵的大哥和被偏愛的妹妹，我心裡也是愛他們的，可某種程度，我知道自己受了委屈，我時時在家裡吃虧，第一秒生氣，第三秒說服自己算了，就是家人，就是我愛的人，他們的快樂足以填補我心裡的洞。

我就是這樣活了過來。

年紀漸長才知道，即便再無所謂，我偶爾也想當第一個被想起來、被放進心裡最上面那個位置的人，只是這樣的期待，日子一久也腐爛了。

沒關係，人一輩子，總是有得不到的東西，不要身在福中不知福。

就像這兩大盒哈密瓜是雪曼姊對我的心意，再重我也要扛回家，我伸手就要去搬，海洋拉住我，「很重，一銘快到了，讓他幫妳搬就好。」

「不用啦，我沒那麼嬌弱好嗎？這是能多重……」我伸手去抬，再緩緩放下，乾笑兩聲，「是有點重，搬可以，但要走到停車場，我可能會死掉。對了，不是有推車？我用推車也可以。」

我才剛說完，就聽到藍品潔的聲音。「是多愛做？女人的勞碌命就是自己奴出來的，有壯丁可以用，幹嘛硬要逞強？」

我跟海洋看向門口，就見藍品潔穿著一身略帶性感的高級套裝，背著名牌包包，人還沒走進來，香水味已經直接衝到我的鼻間。她抬手朝我說了聲嗨，我尷尬地點頭致意，因為我這兩個月可以算是在躲品潔了。

「妳最近是在忙什麼？打給妳也不接。」她有點沒好氣地看著我。

「賺錢當社畜啊，不然呢？」

「約妳吃頓飯都沒時間，也太扯。」

「妳不是也在忙新產品代理？」

「不好意思喔，我是工作歸工作，社交歸社交的人，上星期我朋友生日，都叫司機到妳家樓下了，妳還不肯上車？我要介紹男人給妳認識……」品潔一臉恨鐵不成鋼地看著我，藍一銘此時接收到海洋的眼色，馬上過來攔住這個小妹，「好了，妳不是順路來借洗手間的嗎？上完就可以走了，凌菲，妳車鑰匙給我，我先幫妳把哈密瓜搬到車上。」

我把鑰匙交給藍一銘，「謝謝。」然後也對品潔說了一聲，「謝謝，但真的不用了。」就是因為她瘋狂地要替我介紹男朋友，我才選擇不出現，可說真的，其實有個最重要的因素是，我跟品潔真的很難變成朋友，就算她老早就不在意了，我的靈魂總會不時提醒我，「妳虧欠她。」

對，我曾經是她婚姻裡的小三。

當我發現交往半年的男友居然是人夫，而品潔來抓姦呼我幾巴掌的時候，我覺得自己瞬間像是泡在一桶「慚愧」的染料桶裡，黑的、灰的、髒的、臭的，後來因為藍一銘跟海洋認識的關係，誤會解開，我有可以證明自己毫不知情的一大把證據，足以說服所有人。

可是最後無法接受的人是我自己。

又不是二十幾歲的小女生了，怎麼還那麼天真？憑著過去自己談戀愛的經驗，分析再推敲他說過的話、對我的付出，我真心以為就像是他說的那樣，「他單身很久了，一直碰不到談得來的對象，剛好我出現了。」於是我們聊興趣、聊電影、聊一切，甚至還聊到了未來，真是笑死我了，我的未來真是廉價，比泡沫還容易消失，馬上就被戳破了。

我立刻跟他斷絕關係，真心向品潔道歉，但那又如何？我花了好大的力氣從那個臭爛的染料桶裡走出來，可是染上就是染上了，洗不掉，每個人都安慰我，都說知道我不是那樣的人，我卻無法心安理得地接受他們的說法，說不定我就是這樣自私的人，因為太想要擁有一份契合的愛、穩定的關係，才會錯過某些蛛絲馬跡，說謊的人怎麼可能沒有破綻，是我被蒙蔽了，才會造成對品潔的傷害。

我大概有半年的時間都在自我厭惡，是海洋始終在我身邊陪伴我，是品潔拉著我的手，跟我大拇指蓋大拇指豪氣地說：「是我要感謝妳讓我看清渣男，妳看我拿了房子跟贍養費，還可以創業當老闆娘跟直播網紅，我現在簡直是人生的贏家，以後妳就歸我罩，現在我天眼開了，很會看男人，我幫妳挑。」

於是，我跟品潔成了朋友，不時會在海洋、一銘或雪曼姊辦的活動碰上，寓所裡所有人都知道我跟品潔曾經的關係，他們都說品潔很有度量，說我只是一時碰到壞人，過去就過去了，不要再想了。

我其實很想問品潔，妳心裡真的過去了嗎？我是還沒有，只要碰到品潔，我身上那道黑的、髒的、臭的味道就好像會飄出來，只有我自己聞到，看著大家開心聚會的模樣，我怎麼忍心打壞大家的興致，問他們，「有沒有聞到臭臭的味道？從我身上散發出來的……」

後來品潔私下也會約我逛街，或陪她採買直播要用的東西，我也在試著努力喪失自己的嗅覺，說不定這樣會比較快樂，可是我沒辦法騙自己，尤其是後來她比我更在意我的感情時，我覺得很害怕，這不是我可以再失去的東西，總不能因為虧欠而隨意接受，那我會下地獄，但我不想，我還是想成為愛與被愛的女人，當過一次小三、失戀幾次並不能打敗我。

我曾有一次喝醉時，不小心說出我還相信真愛這件事，大家一片安靜，我不知道他們是佩服我的堅持，還是可憐這是我心裡幻想出來的童話，唯一出聲的就是品潔，她說：「妳真的有夠戀愛腦。」

我是啊，我承認我是。

後來認識了聖勇，他跟我說他很窮，創業三年了還做不出成績，他把所有的存摺給我看，還坦承他結過一次婚，老婆跟前男友跑了，媽媽看不起他，他也覺得自己是一個沒用的人，但他一直很努力。

不知道為什麼，我彷彿在他身上看到那個也很努力的自己，我們當起了朋友，後來成了情人、戀人，直到他後來住進我家，我都沒有告訴任何一個人，我怕他們會跟我說，「這種什麼都沒有的男人妳也要？」

但對我來說，聖勇並不是什麼都沒有，他對這世界還有熱情，他對人生還有目標，比起只想當個公務員賺死薪水的我還棒了不是嗎？我相信他總有一天會成功，度過眼前所有的難關，要是連聖勇這麼堅強的人都要被命運打敗，那我也不要再相信愛情了。

突然，品潔的臉湊到我面前，「不用幫妳介紹是不是因為妳有男友了？」

本來都要搬走哈密瓜的一銘也轉頭過來看著我，我承受著三個人熾熱的眼神，那瞬間我以為自己是ＩＵ，我掩飾差點露餡的心虛，才剛要開口反駁品潔時，她又馬上說，「不要騙喔，我有看到。」

海洋跟藍一銘馬上異口同聲詢問，「看到什麼？」

「上上星期六中午，我跟一些朋友在東區喝下午茶，看到凌菲跟一個男生手牽手走過去，那男生看起來四十吧？長得不算帥，但挺高的，也還算有氣質，重點是牽手。」品潔說得異常興奮。

眾人的眼神又落到我身上，我在心裡吶喊「怎麼辦」，那的確是我沒錯，那天聖勇剛好有空，提議陪我去吃一間很想去的小餐館，約會的時光我很快樂，但現在的我該怎麼安全下莊？我還在思考的時候，品潔拿出手機，直接替我省去找理由的時間，「我有拍下來，所以不要否認。」

瞬間，我腦袋一片空白，然後又看到海洋跟藍一銘偷瞄了我一眼，臉上同時寫著「喔，他媽的好想看，但如果我現在過去拿品潔手機，凌菲絕對會不爽」。他們忍得很辛苦，品潔倒是也替他們解決了麻煩，直接把手機轉向兩人，還放大了聖勇的臉。藍一銘馬上放下哈密瓜，率先開口，「欸姊！還不錯啊，郎才女貌！」藍一銘小我跟海洋幾歲，相處久了，他平時把我當朋友看，但調侃我或擔心我，甚至為我開心的時候，就會尊稱我姊，像弟弟一樣體貼調皮。

海洋則是激動得眼淚要掉下來，不敢置信地看著我，「有對象很好啊，妳開心就好，我不會因為妳沒告訴我就生氣，我完全可以理解，我們這年紀有多需要保護一段感情。」

「你們不要這麼做作好嗎？這樣顯得我很八卦耶。」品潔抗議，然後又接著說，「就是妳們這年紀了，不能再受傷了，所以對象更應該要挑過，快，說一下妳男朋友的來歷，我們來評估一下，如果可以，絕對祝福，如果不太行，趕快及時停損，談戀愛就跟買股票一樣，優點愈多就像ＥＴＦ，值得存股。」

藍一銘清清喉嚨，「藍品潔，妳不要以為自己年紀還小就那麼囂張，什麼這年紀了，海洋跟凌菲在我心裡都只有三十。」

「那是你心裡啊，你是別人嗎？你是大眾嗎？你是世俗的眼光嗎？你是外頭那些三姑六婆嗎？你是雷你是光你是宇宙的神話嗎？女人就是勢必要承受這些莫名其妙的壓力，男人懂個屁？」

我趕緊制止，「欸，不要吵架。目前還算穩定，這樣就夠了，不想說也是怕大家擔心或是過度關心，有機會再找大家一起吃飯。」

「那明天？」品潔積極到我以為她是我媽。

「改天吧，一定有機會。」讓聖勇見家人的緊張程度如果是一百，見這群朋友可能就是一千，因為我知道他們會有多犀利，我怕聖勇招架不住。

「那妳先告訴我，他做什麼工作的？有沒有車？有沒有房？有沒有結過婚？有沒有其他負債？父母是不是還健在？個性如何？有暴怒過嗎？有對妳大聲過嗎？你們是不是住在一起了？平常家事誰做？他有一定要妳生孩子……」品潔問到我頭昏，此時我害怕極了，本能看向海洋求救，海洋看向藍一銘，他馬上衝前摀住品潔的嘴，「藍品潔，妳好吵。」

品潔掙扎著推開藍一銘，氣呼呼地看著海洋跟她哥，「你們一定跟我一樣好奇，為什麼還阻止我問？」

海洋微笑但很肯定地回答，「我不是跟妳一樣好奇，我是絕對比妳更想知道妳剛才問的那些問題，但我想等凌菲自己願意說的時候再知道答案。品潔，我知道妳也很關心凌菲，但這些太私人了，我覺得這樣問有點冒犯，即便大家感情都好，也不應該這樣。」

「不是啊，凌菲那麼容易相信別人，談起戀愛就會戀愛腦，你們都不怕她最後人財兩失嗎？」品潔的擔心我可以理解，畢竟我就是蠢到當過她婚姻裡的小三，對質時，她幾次驚呼，「這樣妳還沒發現？」「妳是不是以為世界上沒有壞人？」一個小我十二歲的女孩，年齡相差足足一輪，對於我如此信任另一半說的每一句話，她感到天方夜譚，後來她對我說，「高振宏開始噴香水的時候，我就知道這個死男人不對勁了，要不是我夠敏感，開始查他行蹤，怎麼可能知道妳的存在？太相信別人很蠢。」

我還記得我怎麼回她的，「沒有信任，又怎麼能夠擁有真正的愛？」邊懷疑對方又邊愛著對方，就像明明撐著傘還硬要露出半個身子去淋雨，乾不了，也不舒服。與其這樣，我寧可相信到底，就算受傷也甘願，至少沒有對不起我自己。

所以我很堅定地回應品潔剛剛的話，「就算真的人財兩失，我也不會後悔，我的對象是什麼條件，一點也不重要。」

品潔重重嘆了口氣，看向海洋跟一銘，「你們也覺得這樣是對的？」

「感情哪有什麼對錯？」海洋說。

一銘也附和了，「最主要還是凌菲，她覺得好就好，要是那個男人敢對她不好，她還有我們這些後盾啊。」

品潔頗不認同，「我不懂耶，能不受傷是最好的，不是嗎？要是對象不好，寧可不要戀愛不要付出，可以約會，但不要只跟一個人約會，專心享受戀愛的感覺，像我這樣也行啊，但凌菲是給了就給全部，你們真的想看她又跌一次嗎？」

我聽著品潔的話，心一直下沉，為什麼這麼不看好我的感情？這是我的，不是任何人的，我實在忍不住開口回她，「妳怎麼知道我會再跌一次？妳是真的想要關心我，還是要詛咒我？難道當過小三就永世不得超生嗎？」

海洋感受到我的怒氣，偷偷拍拍我的背，品潔則是不甘心地回嗆，「簡凌菲妳這樣說也太過分了吧？妳覺得我還在生妳的氣嗎？講過幾百次幾千次了，我早就不在乎，是妳自己抓著這個詛咒不放，不是我耶，是妳還把我當高振宏的前妻，但我卻是把妳當朋友看待！」品潔說完，轉身離開。

瞬間，我覺得自己好像又做錯什麼了。

藍一銘尷尬地抓抓頭對我說：「品潔就是衝了一點，如果她剛剛講了什麼讓妳不舒服的話，我跟妳道歉，但是……會劈腿的男人就是會劈，妳真的不要再把問題怪在自己身上了……」一銘說到一半，突然對我比了個讚，「不過，聽到妳有男朋友了，我超開心的。」

海洋抱抱我，「有什麼事一定要跟我說喔。」

我點點頭，雖然偶爾想找人抱怨聖勇工作應酬太多，沒時間陪我，但我還是選擇吞下來，很認真地參加課程，還研究了ＭＢＴＩ，就是想更了解自己，懂得如何為自己止傷，利用正念、打坐、冥想來找回能量，朋友是支持沒有錯，但突如其來的落寞跟孤單，沒辦法透過任何人即時幫忙消弭，終究還是要靠自己，想要擁有幸福的人，一般都不會打擾別人幸福。

總之，一陣尷尬之下，有人不歡而散，有人心裡憋了問題，但尊重我而不開口追問，最後在一銘的幫忙下，我載著兩箱哈密瓜開車離開美蘭寓所，包包裡傳來手機鈴聲，我找了個路邊停車格停下接起，是聖勇。

一開頭就是他抱歉的聲音，「對不起……忙到現在才能打給妳。」

「還好嗎？」我問。

「送完大老闆要從機場離開的時候，工人打來說舊機器有問題，所以我又趕去廠裡看一下，然後阿宗，就是那個二十三歲的小朋友，做到一半接到女朋友電話，結果兩人吵架，就跑去安慰女朋友了，我只好接下來做，剛剛才處理完一批廢料……」

「辛苦了。」

「我應該更早一點打給妳的，可是妳也知道，穿了清潔裝下去，就得運作到結束。妳是不是等了很久？」

我該誠實告訴他，其實早上他要出門的時候，我就不抱期待了嗎？「沒事，我知道你在忙，我正要回家。」我留了體面給他也給自己，這是沒辦法改變的事實，早在我決定愛他、支持他的時候，我就很清楚他的忙碌，成熟的女人，是不應該跟男人的工作吃醋的，不是嗎？

他忙他的，我也能忙我的，不把對方放在唯一重心的人比較不會內耗。

平時他工作加班或是應酬的時候，我也不會讓自己閒著，我會去看書、練瑜伽、運動、拼圖、打掃房子，讓自己看起來活得很獨立、很自在，可是愛上一個人的時候，心早就被分走一半。

「好，那妳開車小心，我再處理一下就回去，順便買點消夜。對了，妳平常吃的堅果好像沒了，我正好會經過大賣場，再幫妳補貨，寶貝bye！」

「Bye。」我掛了電話，深吸口氣打起精神，在心裡唸著，不管什麼事都會愈來愈好的、不管什麼事都會愈來愈好的、不管什麼事都會愈來愈好的……

相信，才會真的發生。

兩個一起努力往前跑的人，不管再累，
總是會抵達終點的吧？
我們不是為了贏才一起奔跑，
而是因為在奔跑時，我們選擇不放開彼此的手。

Chapter 3

煩惱雖然很難拋開，
但好在我已經不是昨夜那個，
無能為力的自己。

呼吸照常，換衣照常，交換彼此的親吻、手牽手一起下樓到停車場，擁抱說聲晚上見的步調也都照常。

那些說不清楚、理不完的情緒都只是枕上灰塵，一旦離開了，生活就會繼續如常，活著有很多解決不了的事，自己的、家人的、別人的、陌生人的，試圖挑戰過幾次，沒有一次不是灰頭土臉地落敗而歸，學會把一切交給時間，我始終相信，日子長了，問題就會不見，可能被掩埋了，也可能是真的消失了。

我不知道，但反正眼前總有更重要的事要做。

生活之前得要先生存下來。

一到公司就聽到最資深的吳大姊在跟幾個同事講八卦，吳大姊眼睛閃閃發亮，邊喝養生茶邊說：「欸，你們不覺得謝育仁比較像是被弄走的嗎？」另一個比我大幾歲的男同事林家豪邊吃早餐邊接話，「怎麼可能，他跟主任的交情很好，我經常看到他們晚上相約去吃飯，而且不是寫留職停薪嗎？會不會是家裡有什麼事？」另外一個女同事葉曉真邊滑手機邊回應，「你們老人家不都說伴君如伴虎？搞不好說錯話惹上面的不開心……」

吳大姊不爽回應，「什麼老人家，懂不懂禮貌啊？」

「妳都五十八歲了，不可能是姑娘吧？」

我超不想參與這個話題，躡手躡腳地走到我的座位，結果半路被吳大姊攔胡，她速度快到我以為她有練過輕功，「凌菲，妳知道什麼內幕嗎？還是謝育仁有跟妳說過什麼？」

我微笑搖頭，「我不知道。」就算我知道其實是因為主任後來可能跟某議員達成協議，公開標案條件都會獨厚議員推薦的幾間廠商，他得找個心腹來當他的下手，好方便一條龍處理，所以處理標案的工作從我手上，最後被重新分派到謝育仁那裡，肯定是出了什麼事，不然怎麼會突然就這樣？想當初我得知不用再負責標案，簡直開心得要命，邊掐大腿邊忍住想笑的衝動，那天排得上我人生中最快樂的moment前十名，至少在那一刻，老天爺有對我偏愛一點，畢竟身為公務人員，最好不要跟這種賄賂貪汙舞弊沾上邊，我對工作沒什麼企圖心，求份溫飽穩定福利正常就夠了。

職場上骯髒的事太多了，眼不見為淨最好。

我爸就是當了公務員才能養活我們全家，那我當個公務員也可以養我自己到死，不會造成別人的負擔吧？我是這樣想的，所以大學就開始準備考公職，很順利地得償所願，而且還分發到個小單位小處室待著，把每天該做的工作完成就能領薪水，其他時間，可以拿來做自己更喜歡的事，這就是我要的生活。

現在惡夢又要來了，接下來的標案工作不知道會不會又丟回我身上？我一定要想辦法拒接，我不想當任何人的替死鬼，我就是要在公家機關做到退休，誰都不能害我丟了鐵飯碗，所以，我安靜，我不想說話，不發出任何一點聲音，希望主任把我當作桌上的一枝筆或是立可帶，毫無存在感就好了。

我趕緊拉椅子坐好，重新調整我桌上物品的位置分配，先把盆栽放到桌上抽屜櫃的最上方，好擋住主任從落地窗看過來的視線，然後把身子縮到最小，再兩分鐘主任就會進來了，希望我的掩護可以讓我逃過一劫。

主任整個人看起來就是惹人厭的代表，說出來的話都是臭的，傷的不只是我們的尊嚴，還有嗅覺，是真的很臭，有時被他叫進去開會都要忍住不嘔吐的我們，唯一感謝疫情的地方，就是戴著口罩再也不是什麼沒禮貌的事，而是保護自己能夠不在主管面前失禮。

果然，大家一聽到主任的腳步聲，瞬間裝忙起來，聽到主任非常用力地關門，大家也不敢再多說話，我們這單位年紀最小的曉真也三十二歲了，都知道社會生存法則要怎麼寫，於是大家開始認真工作，盡量不讓自己成為主任即將射出飛鏢的那個鏢靶，畢竟「主管心奈米針」，不要說撈，根本完全摸不到。

社畜就是要在適當的時間，乖乖地當隻勤奮務實的牛。

這句話可是刻在我職涯十六年的血肉裡，於是，辦公室裡只傳來此起彼落的鍵盤聲，好像聲音愈大就愈努力一樣，氣氛非常緊繃。突然主任辦公室的門開了，大家的鍵盤聲沒有停止，敲得更加熱烈，就怕主任喊到自己的名字，我在裝傻，其他人在裝忙，沒人想多分擔更多的工作。

但很不幸地，對，萬分不幸到我檢討起自己最近是不是因為沒有捐款，所以運氣真的比較背，業障真的比較多，才會被主任喊到，但下一秒，我也聽到主任喊了吳大姊的名字，我愣住，難道還有什麼轉圜的餘地？

我不知道，我跟吳大姊對看一眼，然後一起走進主任辦公室。

沒有意外的就是誰來處理接下來標案的事，主任看著我跟吳大姊，緩緩開口，「凌菲之前是有經手標案的工作，但做得不是很好。吳姊，妳調來之前好像也有負責過標案，妳覺得妳跟凌菲誰來接比較好？」

我還沒有開口，就聽到吳大姊用力咳了起來，咳到主任替她倒水，有些不耐地遞給她，「先喝水啦。」吳大姊接過水的同時，手還在微微顫抖，現在是什麼狀況？主任搶先我問，「妳是怎樣？」

吳大姊這才用剛剛咳啞的嗓音說：「我這陣子身體不太好，還想請長假呢，但育仁突然留職停薪，我怕大家忙不過來，只好硬撐，主任，我是很想幫忙，但我真的沒辦法，你也知道我有年紀了，兒子女兒也都長大了，各自搬出去過日子，我下班回家還要照顧我先生呢，體力真的不行啦。」

我忍不住想替她鼓掌，這麼會演，怎麼不改行去演戲？金馬獎絕對有她的一席之地。我才想為自己說幾句話時，吳大姊又看向我，「凌菲工作能力不錯啊，之前沒做好，不表示後面也做得差，更何況她單身沒有小孩，可以專心把精神放在工作上，我相信她會願意幫忙承擔，也一定會珍惜主任給的這次機會，證明她的能力。」

「我就是不想證明才裝弱的，妳到底懂不懂？」我差點就要朝她吼出這一句，但我沒有，我知道大勢已去，大家都不想攬工作，但最後仍得有人接下來做，主任叫我跟吳大姊進來，就是要從我們之間決定一個，吳大姊都說成這樣了，我還能說什麼？我只能祈禱，接下來的標案不要有議員推薦的公司參與競標，不然我不排除從樓梯自行滾落，不知道骨折可以請幾個月的假？啊！不行！這樣怎麼幫忙上瑜伽課？

人生好難，明明我就只是想當職場沙漠裡一棵不求人、不需要灑水的仙人掌，為什麼偏偏要被丟進熱帶雨林，一天到晚泡水，還要想盡辦法開花給別人看？到底關我屁事？

「應該會再補人進來吧？」我探問。

主任點點頭，「新人一向也是妳帶的對吧？」

「是啊，如果要我接育仁的工作，又要加帶新人，還有我原本手上的事，我可能沒辦法負荷。」這是事實，我不喜歡加班，更不會加班。

主任想了想，「我會把妳現有的工作都分出去，妳只要負責處理標案跟帶新人就可以。」主任接著把幾個文件夾放到我面前，「這是目前正在進行的兩個標案，雨水再利用系統建置第三期跟河岸汙染監測與水質淨化改善計畫，妳先看一下，已經都上網公告了，看完有問題再問我。」

我能有什麼問題？所有問題都不是我的問題啊！覺得很煩躁是不是問題？很想逃避這一切是不是問題？都是，但這些問題的解決方法只有一個，不做的人最大，但我要做，我得做。

所以我沒辦法將文件甩在主任身上大吼，老娘不幹了！我只能點點頭，說聲好，然後拿了厚厚的文件離開。

一走出辦公室就看到吳大姊迅速回到自己的位置喝茶壓驚，其他人則好奇湊過去問她發生了什麼事，她開始生龍活虎地說主任要有能力的她多幫忙等等屁話，然後她自己實在是心有餘而力不足的感慨，其他人聽到要接我的工作則好像世界末日一樣，但不好意思，本人現在就在末日的中心。

回到我的位置上，我看起標案內容，看到投標資格寫著「必須具備十年以上沉澱池設計經驗＋曾承辦超過三座公園環工案」這些限定資格，差點沒笑死在座位上，光看到這句，我都知道是哪間廠商才能投了，還有「近五年內與本單位合作兩件以上環境監測案經驗」，我只能大翻白眼，真的是不要鬧了，內定也沒有這麼明顯吧？

那個雨水建置上次才被民眾檢舉偷工減料，鬧了一波，廠商出來道歉改善才沒事，現在又要綁標給同樣的廠商，真好奇主任都不怕有天自己出事嗎？

我無法理解。

只能按照主任的指示，先把我的工作交接給其他同仁後，開始處理標案的後續及細項。謝育仁電腦裡的檔案夾亂七八糟，光是重新歸檔排列就耗掉我一天，我眼睛疲勞肩頸痠痛，我不停地深呼吸，避免自己白眼翻得太過用力，我猜主任應該有趁假日先來清過謝育仁的電腦，因為留下來的文件都還挺乾淨的，也沒有什麼隱密檔案，只是亂而已。

今天晚上我需要的不是打坐，而是酒精。

正想約聖勇晚上下班喝一杯的時候，他恰好傳訊息來說需要加班，那也沒關係，成年人的感情狀態就是隨時都能安頓好自己，於是我準時關電腦下班，曉真跟家豪不敢置信地看向我，「妳居然要走了？」「我們工作超多的耶。」吳大姊看了我一眼，不敢多說什麼，畢竟我沒拆她台已經夠寬容了。

我深吸口氣，「不然我們可以交換回來。」三人同時別過頭去，沒人敢再看我，這就是社會，裝瘋賣傻裝聾作啞就行了。我頭也不回地離開，很想嗆他們，是我擋在你們前面準備當下一個替死鬼耶，真是不知感恩。

喝酒不開車，所以我搭捷運來到我跟聖勇都很喜歡的居酒屋，老闆看到我就跟我打招呼，替我整理起吧台的位置，「簡小姐，一樣兩位嗎？」

「今天只有我一個，他加班。」

「好的，沒問題，一樣生啤嗎？」老闆帶我來到我們常坐的位置，但我往更裡頭靠邊的位置坐去，不想動腦要吃什麼，直接對老闆說，「你準備什麼我就吃什麼，我今天不喝生啤，給我highball。」

自己一個人的時候，要盡量不一樣。

很快，酒來了，我狠狠喝了一大口，舒舒服服，打算回家再好好跟聖勇抱怨單位的狀況，此時此刻，我就專心享受酒精跟美食。突然，在我吃雞肉串的時候，有人經過我的後方，撞上了我，那竹籤要是插進我的喉嚨，我也可能變成雞肉串。我本來想回頭看看對方是喝醉了走不穩還是怎樣，連句道歉都不會講的時候，便聽到低沉的嗓音淡淡說了一句，「不好意思。」

既然道歉了，我就不回頭互相傷害了。

我繼續吃著東西，右後方有幾桌客人談笑風聲，聚餐聊天很快樂的樣子，但不知道為啥，左後方就有種莫名的壓迫感，而且十分安靜。我好奇地偷偷轉頭看了一眼，看到一個大男孩正襟危坐地看著對面的男人，男人雖背對著我，但仍可以感受到他散發出來的氣勢跟壓力。

那個大男孩先開口喊了一聲，「哥。」男人沒有回應，大男孩顯得有些侷促又不安地再問一句，「要不要先點餐？」

男人開口了，「我沒時間吃。」

「那要喝東西嗎？」大男孩的眼睛像隻黃金獵犬在等零食似的，滿足討好。

「我看起來很渴嗎？」那男人回應，語氣十分冰冷。

聽到他沒有溫度的聲音，可以確定他就是剛才撞到我的人。我回過頭，有些不忍看大男孩失落的臉，繼續喝著酒。

接著聽到那男人說：「媽媽的醫藥費我會負責，聽阿姨說你已經找到工作了，好好照顧你自己就行，沒事不需要特別聯絡，有些關係不打擾比較好，我相信你懂。」

就算沒有同桌，我都能感受到那股讓人起雞皮疙瘩的寒意了，我真的很想好好看一下這個男人是用什麼表情說出這樣的話。還來不及回頭，我又被從我後方經過的他給撞上了，他匆匆丟了一句不好意思就往門外走去，我看向門口，依然只看得到他的背影，不覺得撞人兩次特別沒禮貌嗎？

我不悅地瞪了他早已消失的背影一眼，回頭把椅子拉好，重新坐好時，剛好跟大男孩四目相接。他尷尬地低下頭，努力喝掉他手中的啤酒，我則馬上轉開視線，假裝什麼都沒有聽到，還拿起手機滑著，但我不是吳大姊，沒有那樣的演技，看我僵硬的身體動作，大男孩肯定知道我都聽到了，我聽見他放下啤酒杯的聲音，然後從我身後經過，跟他哥不一樣，他很小心地側身離開，沒有撞到我，比起他哥，他的背影看起來更加單薄。

垂頭喪氣的可憐模樣。

好想上前去跟他說，抬頭挺胸！未來還有更多讓你只能低頭的事，不要放棄，阿姨活到這年紀了，我知道時間像一個篩子，會帶走很多的不快樂，還帶走了我的膠原蛋白跟鈣，但會留下真正重要的東西。

可能是勇氣，也可能是最寶貴的自己，即便偶爾會懷疑，但最後還是會選擇相信自己跟宇宙。

大男孩的背影消失在我的視線裡，這些想說的話，我終究沒有說出口，海洋常叮嚀我一句，妳同理心不要太強，這樣會很辛苦。

我試過當個沒有同理心的人，比如吳大姊前幾年跟她先生鬧離婚，時不時就哭紅雙眼來上班，甚至會突然半句不吭就直接請假離開，再傳訊息要我收拾她的工作，一次兩次就算了，有次還長達一星期，我氣到在對話框裡寫了，「要離就快一點，不要歹戲拖棚。」正要按送出的時候，我想到她偷偷講電話時啜泣的聲音，最後還是什麼都沒有說。

或是有人申訴單位辦事效率不佳，我總是出來背鍋的那個。我也曾經覺得很不公平，但想到林家豪有兩個小孩要養，謝育仁剛結婚買房，曉真是我帶的新人，就算要推到她身上，我一樣有責任，是我沒有教好，最後只能硬扛，導致我的考績始終不太好，但這是我的選擇，怪不了別人。

希望我下輩子可以當個無情無義的賤人。

喔，不，下輩子不要再投胎了，這個選擇比較正確！

我還是專心享受眼前的美食跟酒。感受當下，是所有老師上課強調的重點，當下的自己才是最重要的。沒錯，此時的我，需要靠味覺的滿足來撫慰我的心，我咬著烤得鮮嫩多汁的雞心，喝了口清涼爽口的啤酒，今天的苦瞬間少了一半，我閉著眼徜徉在這一瞬。

然後聽到品潔的聲音。

「妳自己一個？」我嚇了一跳，趕緊睜開眼，確定方才不是自己的幻聽。其實那天跟她小小爭執過後，我又回到那個瑟縮在洞裡的兔子，時不時想著，是我對不起品潔，我怎麼有資格跟她大小聲？的確是她氣度好，不只原諒我，還把我當朋友，關心我的一切。

我是不是太不識好歹？

我該感恩，但我心裡卻有股莫名的氣，將對自己的怒火發洩在她身上。

眼前出現的確定是她，我有點意外，也有點尷尬，像尿床的小孩，遮著尿溼的床單，不知所措地笑著回應，「妳怎麼也在這裡？」

「這間我朋友開的啊，剛好順路拿東西來給他。」她說完，指向老闆，老闆也一臉意外地看向我們，比著我們兩個露出「真是好巧」的會心一笑。我也覺得好巧，巧到一個不行，我跟聖勇一個月至少會來這裡吃東西喝個小酒三次以上，還是第一次碰到認識的人。

「我還沒吃飯，能併桌嗎？」她問我。

我點點頭，「當然可以啊，有什麼好問的。」

她邊坐下邊說，「不問一下，等等妳又生氣怎麼辦？」接著又向老闆用手勢打了個招呼，老闆很快接收到她的指示，也沒多問，就開始幫她料理食物。我忍不住說，「那天是我情緒比較激動，不好意思。」

「妳罵我罵得對啊，我哥說是我太雞婆，海洋也請我別給妳太大壓力，反正就是我的問題啦。」

老闆為品潔送上一杯啤酒後離開，我連忙解釋，「他們沒有那個意思……」

「他們沒說錯啊，人還是顧好自己就對了，妳幸不幸福關我屁事？那是妳的人生啊，妳又不是我女兒，不對，就算是我女兒，我也沒有權利干涉妳，我是在窮擔心什麼？反正跌過一次妳都爬得起來了，再跌又有什麼好怕的？我相信妳還是爬得起來啊，妳頭上就有聖光，背後就有翅膀，妳很善良，跟我不一樣。」

品潔語速很快，又有點複雜，語調裡有負氣、有酸澀，又帶著某種隱隱的落寞，我瞬間有點混亂，不知道該怎麼回應。

「善良就不會害妳婚姻失敗了。」我說。

她看著我，「簡凌菲，這種話是婊子在講的，但我不認為妳是，妳最好把這句話收回去，免得我覺得妳得了便宜還賣乖。」

我就說了，面對品潔的直言直語，我老是應付不及，再怎麼小心翼翼還是會說錯話，好煩。

老闆端來一盤日式炒麵，上面淋了滿滿的美乃滋，品潔大口吃了起來。我愣了一下，「妳不是很注重養生？這美乃滋加了快一瓶吧！」

「吃不死人，但吃了我會很爽，人生就是要爽，不然活著幹嘛？」

我替她倒了杯水，「多喝點水，這樣吃很膩。」

她喝掉一整杯水，繼續大口吃麵，我忍不住問，「發生什麼事了？妳不太對勁耶……是我害的嗎？」

品潔放下筷子，沒好氣地瞪了我一眼，「妳有病是不是？到底要講幾百遍妳才聽得懂啊，妳沒害我什麼，不要以為自己有多厲害，可以一直傷害我好嗎？」

「我是怕一銘跟妳吵架啊。」

「那就吵啊，兄妹哪有不吵的？吵架又不會怎樣？有什麼好怕的？我們兩個那天也吵了，但現在還不是可以肩並肩一起坐著吃飯喝酒講話，人生沒有那麼多過不去的，妳要是覺得跟我當朋友很痛苦，可以，那從今以後，我不打擾妳，我也不要出現在妳面前，這樣可以嗎？」

這是我第一次聽到品潔這麼平和地講完一句話，卻讓我聽得膽戰心驚。

「不要這樣。」我說。

「那妳到底要怎樣？」她問。

我們兩個對看，像是一對正在吵架的情侶，超莫名其妙。

我深吸口氣，示弱地先開口，「我知道那件事對妳來說過去了，但對我而言，那是我這輩子犯下最大的錯誤，是我自己沒辦法原諒我自己，面對妳時才會變得這麼扭曲，我也喜歡妳，但想到自己曾經傷害妳，我就覺得很生氣……」

「所以妳去聽那些讓自己成長的講座都白聽的嘛，勵志書也少看一點，根本沒用。」品潔吃完最後一口麵，擦完嘴不忘嗆我一下。

「幹嘛這樣！」我沒好氣地瞪她，「我就想治好我自己啊，不能讓沒道德的事搞到最後好像被允許了……」

「不知者無罪啊，如果妳真的知道高振宏有老婆，還跟他在一起，那妳就去死一死，但妳沒有，還是妳有？」

「當然沒有！」

「那不就好了嗎？妳是在中猴哪一條啊？不用給自己那麼高的標準，像我這樣才會活得比較快樂，沒心沒肺快樂加倍，我先說，我絕對不是要阻止妳談戀愛，就是很單純地覺得妳在愛情裡面特別笨，忍不住多提醒兩句而已，但妳不愛聽，我就不會再講了，這件事到此為止。」

品潔說完朝我伸出手，「和好。」最後，我也伸手回握。

品潔滿意地點點頭，接著對我說，「小三是妳自己貼上去的標籤，得靠妳自己撕掉，妳要是撕不掉，我也沒辦法，但我再講一次，妳是我的朋友，不是我的敵人。」

「謝謝。」我說。眼前這個小我一輪的女人，在這方面比我成熟這麼多，我感到非常羞愧。

她笑笑收回手，「既然妳有男友了，那本來要介紹給妳的這些男人，我就自己用了。」

我才剛喝一口酒，差點就噴出來，看她一眼，「安全重要。」

「放心，我很會保護我自己。」

我笑了笑，沒忘記關心她，「妳還沒有跟我說，妳為什麼心情不好？」

她轉頭看我，聳聳肩，「也沒心情不好，就是工作有點麻煩，最近要合作的一個董娘，她滿煩人的，我得要應付她，不然這次代理產品的案子可能就會黃掉……反正做生意就得看人臉色……」她說到一半，看著我說，「像妳當公務員真好，穩定好像也不錯。」

「不要有這種錯誤的想法，我們可是連拒絕都要比別人用力，有時候還拒絕不了！」這句話，我差點就要用喊的才能彰顯我們公務人員的悲哀。

品潔輕嘆一聲，「至少妳不用社交吧？我每天都要討好那個董娘，等她心情好了，才願意跟我多聊幾句案子的進度，最近卡了好幾天，她說她們貴婦團原本的瑜伽老師要去生孩子了，她忙著找可以信任的瑜伽老師。拜託，不就是上個瑜伽課，還要什麼身家清白，條件比貓毛還多！媽的，關我屁事？要不是投資的錢卡進去了，我管她是要找媳婦還是找女婿？」品潔憤憤不平地罵了好長一串後看向我，接著瞪大眼睛，有如看到希望般大喊，「欸！簡凌菲，就妳啊！妳很適合！」

我馬上回答，「我不行，妳知道我什麼身分。」

她洩了氣地點點頭，「也對，妳不能兼職，嘖，好煩啊，不然她們貴婦團的條件超好，聽說之前那個老師上她們課不到兩年，賺到房子的頭期款，有錢人只要認定了就很敢給，妳沒機會賺真的可惜，雖然公務人員穩定，但薪水就很固定，女人還是自己要有經濟能力……」品潔唸到一半又笑了出來，「我是不是很煩？妳在工作的時候，我可能還在十塊錢十塊錢地跟媽媽要，以妳這麼求穩定的個性，肯定早就存了不少錢，算了，只能求天保佑，拜託董娘徵人順利，這樣我的案子才能繼續。不說了，先走囉。」

品潔朝我揮揮手，說走就走。

吧台邊又只有我一個人，品潔說了那麼多，我沒有一句敢附和，我的確出來工作了很久，但其實我並沒有真正為自己存到什麼錢，我很肯為心愛的人花錢，尤其跟聖勇在一起之後，偶爾拿出來補貼他公司的錢，我實在不敢認真算。

只能說，以我的工作經歷，現在我的存摺裡，不該只有二十萬不到，說出來可能會被很多人嘲笑。

但我不明白，活著，為什麼經常會湧起一些根本不需要對任何人感到對不起的羞恥感？然後我還得感到莫名心虛，好像我活錯了日子，白過了我的生活，虛度了我的人生，其實我超想朝所有人大喊，我的事跟你們有什麼屁關係？但我知道這跟別人無關，只不過是我自己惱羞成怒。

我也不確定，年紀四開頭又還沒結婚的女人該是什麼模樣？網路上有很多影片有教，早上起床先拉開窗簾，打開lofi音樂，開始運動半小時，接著沐浴沖澡都使用精緻高貴的保養品，為自己煮一頓健康的早餐，換上高級套裝搭配名牌包包，神清氣爽地出去工作……

真是抱歉，身為社奴的我，臉上不可能出現喜歡工作的表情，生活絕對不是一段兩分鐘的短影片，而是好多好多瑣碎的累積，那些跟灰塵一樣揮之不去的小事時常會成為逼瘋所有人的痛，最後只能用來安慰自己這不過是剛好水逆或今年犯太歲，一定要找個東西怪罪，有個出口，才能喘口氣。

這樣是不行的，成熟的大人得找方式療傷，但為何我們總是時不時就傷痕累累？

我喝完最後一口酒，起身回家。

聖勇比我早到家，他已經收好昨天洗的衣服、拖了地、把洗碗機裡的碗盤歸位、替我種的花澆了水，他的優點就是很願意做家事，而且不需要我提醒。看到我回家，他愣了一下，「妳怎麼沒叫我去接妳？」

「我坐計程車，別擔心，我怕你還在忙，才沒打電話的。」

「我不是說過，妳隨時都可以打來？」

我知道，但我這該死的同理心就是會有各種預想，萬一他還在跟客戶應酬怎麼辦？萬一正要成交，因為我的一通電話生變怎麼辦？或許比起聖勇本人，我更希望他成功順利，沒有經濟上的壓力，才有力氣談戀愛。

我上前抱住他，「反正很近。」

沒想到聖勇悶哼了一聲，我好奇放開他，「怎麼了？哪裡不舒服嗎？」

他摸摸肚子，「可能最近三餐不太正常，胃痛又犯了。妳要先洗澡嗎？妳有喝酒，今天不能泡澡喔。」

「知道，那我先去洗澡。」

他摸摸我的頭，給了我一個溫暖的微笑，於是我邊脫衣服邊跟他聊今天辦公室發生的事，聊天時，不管誰在廁所，我們都不會關門，蓮蓬頭的水聲搭著我的聲音，但聖勇好像都聽得很清楚，認真地回應我，但隨著回應的時間間隔愈拉愈長，我忍不住探頭出去，聖勇已經坐在床邊的小沙發上睡著了。

我微笑，不管他聽了多少，有人願意這樣聽我發牢騷，我感到滿足。

洗好澡圍了圍巾出來，我打算先叫他起來回床上睡，可我還沒有開口，眼神就被他放在一旁的手機螢幕亮起所吸引，我無意探看什麼，可訊息跳了出來，是會計阿梅姊傳來的：「張先生，月底甲存還有票要二十萬，但這個月已經沒有能收的款了。」

我看著螢幕，呆站在原地，籠罩在我們感情上的烏雲不知何時會散去，我都還沒有心理準備時，螢幕又跳出阿梅姊的訊息：「傷口要記得擦藥。我也不知道要說什麼了。」

我吞了吞口水，想到剛剛我抱聖勇時他的悶哼聲，是受傷了吧？看著螢幕的亮光消失，好似我的問題也一同被黑暗吞併，我只是出聲喊著，「寶貝，在這裡睡，你明天會腰痠背痛……」

聖勇悠悠醒來，邊爬到床上躺著，邊叮嚀著，「妳快吹頭髮，不然會頭痛，然後來陪我睡……」他沒說完就睡著了，我又喊了他兩聲，完全沒有回應，我像個變態中年婦女偷偷掀開他的衣服，在他的肚子上看到幾道瘀青，我不敢再繼續看，轉身去吹頭髮，然後莫名其妙地，眼淚就這樣掉下來了。

好無力，我什麼都沒辦法做，連覺也睡不著。

聖勇早上起床看到我發腫的眼皮，他嚇了一跳，「妳昨天喝很多嗎？眼皮怎麼腫成這樣？」

喝了一些眼淚。但我當然沒有這樣告訴他，我只是假裝沒事地探問，「你有什麼話要跟我說嗎？」

他邊刷牙邊歪著頭思考後搖搖頭，我知道他打算隱瞞我，不清楚理由是什麼，怕我擔心也好，不好意思再對我開口也有可能，可無論如何，祕密永遠是隔開戀人距離的那個「禁止通行」的交通立牌，我沒辦法再問，因為我身上也沒有二十萬可以幫他。

如果我是什麼千金小姐，那聖勇是不是可以少奮鬥二十年？

開車上班的路上，我居然檢討起自己的身世背景，我都要被自己笑死了，我真是我人生最大的那顆雷，這句話要是讓海洋還是品潔知道，我肯定會被罵得體無完膚，馬上被帶去檢查腦袋，或是被帶去收驚避邪，怎麼會有這種想法？她們肯定要我立刻對聖勇提分手，離這種負債型男人愈遠愈好，女人不要活得這麼蠢，這年頭早就不流行拿自己去為一段感情陪葬了。

是啊，不流行了。

現在講究的是等值的愛跟付出，如果兩個人在一起沒有比一個人時更好，那為什麼需要愛情？自己過一輩子也沒什麼不好。我當然同意愛情不該讓人變得更辛苦、更委屈。最美好的愛情，是兩個人願意一起成長、彼此扶持，我始終沒辦法因為我在愛裡跌倒犯過錯，就否定愛情本身的價值。

一個人能活得好，是本事，但還願意相信兩個人可以更好，是勇氣。願意在這麼複雜的世界裡，給自己一個相信幸福的機會，哪怕最後走不到終點，我也不會後悔曾經相信、曾經付出。

有時候，我看著海洋和藍一銘，心裡忍不住羨慕。

海洋曾經那麼絕望，說了再也不要愛情、不要任何依賴、不要任何會讓人心軟的關係。可最後，她還是遇見了那個能讓她卸下防備的人。她沒有變，只是剛好，藍一銘愛她原本的樣子。

她讓我知道，原來有人是可以被完整愛著的，原來有人是可以走到這一步的。我羨慕的，不只是她現在有多幸福，而是她曾經破碎到連自己都要失去了，最後還是能被愛情選中。而我這個一路小心翼翼捧著愛的人，到頭來，卻什麼都沒留住，但沒關係，我還是相信屬於我的那一刻會來到，再晚也沒關係。

此時，品潔的聲音又從我的腦海閃過，那個貴婦團的瑜伽老師職缺……有沒有可能我兼職幾個月多賺一點，就有機會幫聖勇解除危機，他不是說了機器設備都已經到位，現在只要等時間等產能出來，就能跟大老闆要更多的發包案，一切都會好轉？

我拉開座位，還沒處理工作，先傳了訊息給品潔：「如果我想應徵看看，需要什麼資料嗎？」品潔馬上回訊息給我：「確定？妳真的要試看看？妳先給我一份瑜伽老師的簡歷就好，其他的部分，我跟董娘談就好……放心，要是她覺得可行，我一定會想辦法好好替妳保密，不會讓妳單位知道的。」

於是，我很快地把一些相關資料及證照都傳給品潔，還在思考自己是不是太過衝動時，主任帶著新人來到我旁邊喊我，「凌菲，新人報到，接下來妳就帶他認識環境跟同事，我還有事要出去辦。」

我整理心情點點頭，低頭看著主任的腳步離去，才抬頭看向新人，他滿臉笑容地朝我打招呼，「妳好，我是方博昱，今天剛到職……」

他看著我，話說到一半，突然皺眉，我還在納悶他為什麼會露出這個表情時，答案好像揭曉了，這個大男孩不就是昨天晚上跟我在居酒屋對看的那位嗎？背影可憐兮兮的那位？哥哥對他很不客氣的那位？

不可能吧？有這麼巧？

我想裝作沒見過，畢竟人生路上演點小戲我也是經驗老到，我點點頭說：「那我就叫你博昱了，我是簡凌菲，隨便你怎麼叫都可以……」

「那個，昨天妳是不是……」

我沒有要跟他相認，同事就是同事，最好永遠都不要變成朋友，在這裡十幾年了，來來去去的人不少，我從沒有把他們當作朋友對待，就是工作上的夥伴，不需要花時間交際，上班同事下班不認識才是職場真理。

我直接打斷他，「我先帶你熟悉一下環境。」他見我這樣反應，也把要說的話吞回去，跟著我正準備去參觀簡陋的辦公室時，曉真帶著一位先生進來，說道：「凌菲，有人要找系統建置標案的經辦人，現在是妳吧？」

我點點頭，曉真退開，指著我對眼前的男子說：「經辦人是她，有問題麻煩你問她。」

然後曉真就回去自己座位，我看著眼前長相斯文，表情卻非常冷峻，好像被倒了十八個會那麼臭的男子問，「先生，請問……」

我話都還沒說完，後面的方博昱居然用意外的語氣喊了一聲，「哥？」

我嚇了一跳，更認真地盯著眼前的男子，原來他就是昨天那個撞了我兩次，說句對不起還要慢很多拍，對自己弟弟十分不客氣的魯莽男子？

我看向他們兩個，顯然男子也很意外自己會碰到不想多接觸的弟弟，而弟弟上任都還不到一小時就碰到結屎面的哥哥，相信他們此刻內心都十分洶湧澎湃……

就連站在旁邊的我，也感受到海風吹著低溫的溼氣打在皮膚上的寒意。

男子打破僵局，轉頭看著我，「請問招標的公告內容，是把其他廠商當什麼在看待？這樣的技術門檻根本是規避競爭原則、玩弄制度！我們遵守規則來投標，你們卻設這種量身打造的門檻，是想讓多少業者直接出局？當我們白癡嗎？啊？」

他朝我吼了好大一聲，像熊一樣。

昨天還在想，這種標案資格，可能不會有其他廠商要投標，結果現在我就被吼了，人生真是奇怪，也是什麼都不奇怪。

所有人看向我，我則是靜靜地看著眼前的男子，不知道為什麼，他的橫眉怒目並沒有讓我感到害怕，我甚至還能給他一抹微笑，「有什麼事，我們會議室請。」說完，我率先走進會議室，我聽著後頭跟著幾道腳步聲。

還能怎麼辦呢？硬著頭皮也得撐過去啊，或許有點消極，但我知道，這是我活到現在，最誠實，也最實用的生存方式。

走一步，算一步，
就算每一步都踩得膽顫心驚，
我也要走得像自己選的。

Chapter 4

苦難不是敲門的風，
而是風暴本身，一腳就踹開門，
從來不問我準備好了沒，
賤。

我看著桌上的名片，大地色系，印得十分精緻，非常有設計感，在我職涯裡看過的幾百張名片裡，大概可以排得上前十名好看的，上頭寫著：「啟原環保科技股份有限公司　北區營運部副理　方亦川。」

但就算我把心裡覺得好看的排名說出來，他這張臉肯定也不會太好看。

方博昱坐在我旁邊，對面坐著他哥哥方亦川，這會議室裡有公有私，沒有人先開口。看起來方亦川應該沒發現他昨天撞到的是我。方博昱看著他哥的眼神跟看情人沒兩樣，深情的眼睛裡藏著好多話想說，但方亦川雙手抱胸半句不吭，臉別到另外一邊，沒有要理會方博昱的意思。

這氣氛挺有趣的，但我工作很多，沒時間坐在這裡對望。

但我知道開口肯定又會被方亦川一頓羞辱，可我還是必須張嘴，「如果方先生對招標內容有問題，可以寫意見書或異議函……」

我說到一半覺得冷，差點被他眼神射出來的寒意凍傷，他冷冷地看著我說：「別跟我說這個，我不是沒走過程序，也寫過意見函，都沒有得到回應。我今天來，只是想問一句，你們這標案，到底是開給誰的？」

「方先生，我不知道你在說什麼，招標內容公開在網路上，歡迎所有符合投標資格的廠商參加。」

他冷笑一聲，「投標資格？我查閱過去幾次招標內容，連續三次都由同一個廠商得標，技術門檻也偏向固定廠商，請問要怎麼符合？政府標案難道不應該公平公正公開？硬要這樣護標是不是吃相太難看？」

「不好意思，方先生，標案全都是依規辦理，要是您有意見，我可以再提供意見反映的表單給您。」

「妳是九官鳥嗎？只會講一樣的話？」

我沒有回嘴，只是直視他，語氣依舊平穩，「抱歉，你的意見我會呈報給主管。」

他冷笑，語氣像刀刃，「一張表單、幾句話，就能推卸責任。我問的是，這案子，是不是早就決定誰得標了？」

我看著他，沉默幾秒，才又緩緩開口，「目前仍在公告期間，本機關無法針對個別廠商進行實質回應，若有疑義，仍請依正式程序辦理。」

「依程序、依程序……你們最會的就是這幾個字，沒關係，要是這招標內容還是這麼獨厚特定廠商，我就只能找幾個吃過虧的同業，一起開開記者會，或是爆料一下，看看這樣的招標內容到底有沒有符合妳說的程序跟公平。」方亦川說完起身就走了，方博昱從頭到尾都很慌張，但在他哥離開的那一瞬間，他忍不住對我說，「不好意思，學姊，十分鐘就好，我馬上回來。」

想也知道他要去找他哥，我只能點點頭，他像火箭一樣地噴射出去，我被他的尾風打到無力坐到椅子上，卻又意外發現對面桌上竟然有一支手機，喔，不！不會是方亦川的吧？我是要代為保管，讓他再來找我罵一次，還是追出去還他，今天份今天罵完？

最後，我還是咬牙拿起方亦川的手機追出去。

但我忘了，方博昱也去找他哥，我衝到門口的時候，就看到他們兩兄弟正在不遠處的轉角，方亦川的臉比剛剛看我的時候更臭，冷冷地回應方博昱，「我說了，醫藥費我會付，其他的不要再要求我。」

「如果你只願意幫媽媽付醫藥費，為什麼還要調回臺北？」

「是公司指派，我從來也不願意回來。」

傷心寫在方博昱的臉上，無奈地再喊了一聲，「哥……」

但方亦川的臉更沉了，這聲哥好像是什麼魔咒一樣，他一聽到就會中邪，他毫不留情地對方博昱說：「不要對我有什麼期待，我不習慣當哥哥，就像過去她也很久沒把我當兒子一樣……我從頭到尾，也沒有想過要有個弟弟。」

連我都整個人僵住了，更不用說那條大狗狗方博昱，我不是沒聽過傷人的話，但這麼殘忍的，我還是第一次聽到，我不清楚他們兄弟之間過去是有什麼愛恨情仇，這也不關我的事，只是希望方亦川不會有後悔說這句話的一天。

方博昱大概也什麼都聽不下去了，方亦川也應該什麼都說不下去了，淡淡地別過頭下結論，「就這樣，我不知道你在這裡上班，但公歸公、私歸私，你該回去工作了。」

沒等方博昱回應，方亦川已經邁開腳步往前走，我只能趁他還沒走遠之前，假裝剛追過來，衝過去擋在方亦川面前，「方先生，這是你的手機吧？」

他伸手拿走，沒看我一眼就又要邁開步伐，我的手比我的腦子快，居然先拉住了他，方亦川錯愕地看向我，我微笑回應，「你沒有說謝謝。」

他掙開我的手，不以為然地看著我說，「謝謝。」

「不客氣。謝謝您的指教，有任何問題歡迎再次詢問，我的分機是二八九，您可以直接跟我聯絡，關於您指出的標案內容問題，我會向上級反映。」我拿出我為民服務的精神，微微頷首致意，他理都沒理我就走了。

接著我轉身經過方博昱的旁邊提醒，「還不工作嗎？」我繼續往前走，下一秒就聽到一道凌亂的腳步聲跟在身後。

我開始帶著他熟悉環境、職務內容，我說得很快，沒辦法，該說明的事就是那麼多，時間沒有等過任何人，以前的我也是會非常有耐心地對待剛進來的每一個人，曾經想要改變工作氣氛跟環境，但最後新人學不好的問題都會報應在自己身上，所以我放棄了。

我會把遊戲規則講明白，「今天這邊我都跟你講清楚了，你要是沒記住，那是你的問題，不是我沒教。」

「我知道。」他很認真地點頭附和，兩手在手機螢幕上飛快地打字記錄。該怎麼分辨年輕人還是老人，我覺得大概就是看那人是用兩手或單根手指敲手機鍵盤。我就是那個用食指按驚嘆號，卻會按到問號的人。

時常就是充滿問號，我的人生。

幸好方博昱算是學得很快，也很會舉一反三，讓我這位前輩獲得滿滿的情緒價值。很快就到了午餐時間，我跟他介紹餐廳食堂位置，還有附近好吃的小吃攤或是下午茶美食，他說：「學姊，那妳中午要吃什麼？我請妳。」

「不用了，休息時間只有一個小時，自己把握，下午還有很多事情要學，希望你繼續保持，有問題就在上班時間提問，我是準時下班的人，更不喜歡在晚上看工作訊息，主任派我帶你熟悉業務，但我的薪水並沒有增加。」

「我明白，謝謝學姊。」他很客氣地朝我點頭致意，我則以微笑回應。拿出我的錢包準備離開位置，就聽到吳大姊跟曉真熱絡地喊著方博昱，約他一起去吃午餐。吳大姊看起來是在為自己念大學的女兒物色對象，曉真喜歡姊弟戀，我猜方博昱是她的菜，而且家豪也想拉攏方博昱，好讓他有菜鳥可以使喚。我看到方博昱被吳大姊上下其手，我無能為力，剛剛可是有教他遇到職場性騷擾的ＳＯＰ，自己要加油。

我試著視而不見，想去便利商店隨便吃個飯糰就好，但才剛踏出一步，我還是忍不住回頭喊了，「方博昱！不是要去吃飯？」

方博昱雖然錯愕，但很快就回過神來衝向我，我繼續往前走，走出大門口的時候，我停下腳步，轉頭看著方博昱說：「你可以去吃飯了。」

「不是要一起去吃？」他一臉不解地看著我。

我很誠實地告訴他，「你以為一起吃飯、聊天，關係會變好，但這裡不是學校，也不是戰友系統。出事的時候，沒有誰會站在你這邊，更沒有人會留在你身邊，你只能自己處理善後。我不知道你是怎樣，但我當初考公務人員的目標就只是混一口穩定飯吃。」

方博昱低頭想了一下才抬起頭，我眼前彷彿又出現一隻黃金獵犬，無辜又好奇地問我，「所以妳都不跟人交朋友嗎？」

「交，但不是在辦公室裡。公務體系裡有太多『眉眉角角』，你聽得懂臺語嗎？」他點點頭，我繼續說：「我不喜歡被說，『妳跟誰誰誰很好、跟誰不錯』，到時候愈難撇清責任，這不是防人，我是防自己心軟。」

他看著我，有點理解，又不完全懂的樣子。

我最後補了一句，「反正，你想在這裡待得久，記得一件事，不要欠別人人情，也不要讓別人有機會欠你，不關你的事，安靜閉嘴就對了，可以當個隱形人更好，這是比加班補休還重要的事，了解？」

「謝謝學姊，沒有人教過我這些。」

過去也沒有人教我，是教訓教我，我也不知道我今天是在雞婆什麼，可能是想到他今天被他哥撂了狠話，總覺得他有點可憐……喔不！該死的同理心，我不能再多管閒事了。

我沉下臉，「我去吃飯了。」

沒想到語畢，我就聽到一道嬌俏的嗓音，「學長！」

我跟方博昱同時轉頭，就看到一抹可愛的身影映入眼簾，好青春好洋溢，陽光打在她挑染過的奶茶色波浪長捲髮，閃亮得我眼睛都快睜不開，我用手遮了遮陽光，定睛看著眼前笑得燦爛，雙頰充滿膠原蛋白的白皙臉蛋，真是個漂亮的女孩子。

方博昱驚訝地看著對方，「貝貝！妳怎麼在這裡？」

「我去附近的圖書館查資料，聽阿彬學長說你最後分發到這裡，想說順便過來給你探班，你看，我有買你愛喝的芋頭牛奶。」可愛的女孩搖搖手上提的飲料杯。

這完美的妝容、整套打扮，背了一個只能裝進可愛的小包，說著去圖書館的理由，但明眼人都知道，她只是為了來見喜歡的人一面，簡直是偶像劇，真美好，年輕的愛情就是最棒的多巴胺，不用有任何邏輯的怦然心跳，我旁邊的空氣聞起來都是甜的。

方博昱尷尬，表情有些不快地說：「我還在工作。」

女孩看了一下手機的螢幕時間，「但現在是休息時間吧？」接著看了我一眼，靠向方博昱小聲再問：「這阿姨是你主管嗎？」

阿姨兩個字已經打不倒我了，我的確可以當她阿姨，我不介意，反倒是方博昱嚇壞了，忙說：「學姊，那個……我學妹她……」

我並不想知道，連忙伸手制止，「我去吃飯。」然後直接離開。偶像劇看完就該出戲了，感受到那一瞬間的美好就是能量，我也曾談過甜甜的愛情，只是不太順利而已。

坐在便利商店的內用位置吃飯糰，眼角瞄到ATM，想起昨天我看到的阿梅姊傳給聖勇的簡訊，我猶豫了一下，走到ATM機台前插入卡片，確定裡頭的金額還有多少，不只是不到二十萬，甚至只有十五萬元，我是什麼時候花掉幾萬的？

我連忙打開銀行app查詢，這才想到，上星期我媽說大舅癌症開刀，表弟妹沒有人要管他，誰叫他年輕時候太花，搞到我大舅媽最後跟他離婚，小孩選了媽媽，大舅選擇繼續花天酒地，病了沒人照顧，錢也都花光光，現在只靠漁會補助跟老人津貼過日子，我媽幫過大舅幾次，但家裡經濟是我爸在管，到最後我爸就不肯再拿出一分錢，我媽只好找我借了三萬塊。

我如果把錢都領出來，會不會老了，我也連三萬塊都沒有？

應該不會，畢竟明天就要領薪水了。

我呆站在ATM前不知道多久，直到路人不爽的口氣在我身後響起，「小姐，妳到底要不要領？」

我連忙讓開站到一旁，仍在思考著，最後我離開了便利商店，卻在單位旁邊的銀行裡，用ATM把我僅剩的錢領個精光，把錢收進包包，像把最後的希望存下來，接下來我什麼都沒有了，沒有可以幫忙聖勇的了，這段感情能不能撐過去，我實在沒有把握了。

回到辦公室，屁股都還沒有坐下，我便被主任叫了進去，他問我今天方亦川來的事，又問我怎麼回答之後，就讓我離開，但我沒有走，我還是開口問了主任，「方先生說他提過幾次書面資料詢問，可是都沒有回應，主任有收到嗎？」

「收到又怎麼樣？」主任不耐煩地抬頭看我，彷彿我才是方亦川一樣，「妳要我一封一封回，還是要我打電話道歉？」

「我只是想知道，方先生要是再來電詢問，我要怎麼處理比較好？」

「招標內容就是這樣，條件不符是他們公司自己的問題，跟我們有什麼關係？想投標廠商自己要加油啊。」

「我總不可能這樣回應他吧？」

「應付妳不會嗎？民意照聽，資料照收，他要是不爽，一樣請他走申訴流程，我們做好該做的，他要鬧是他的事……」

萬一要是鬧大呢？之前的廠商看到招標內容，大多以和為貴，摸摸鼻子就算了，誰也不想跟招標單位反目成仇，但我看方亦川不是那麼容易放手的人，我還是覺得不安，想再開口時，主任跟我的手機同時響了，主任朝我揮揮手，示意我出去，然後就接起電話，很不客氣地跟對方說：「我媽糖尿病耶，她吵著要吃妳就給她吃嗎？不要忘了妳是看護……」

我默默退出辦公室，也接起電話，「媽，怎麼了？」

她劈頭就問我，「明天可以請假嗎？」

「為什麼要請假？」

「悠悠班上同學腸病毒，要停課一星期，但妳大嫂明天有工作沒辦法走開，我跟妳爸也要去醫院拿藥複診。」

「簡凌誠不能請假？」

「他要養家的人，怎麼能老是讓他請假？」

雖然我媽的答案從不讓我意外，但我還是覺得很無言，「難道我就不用賺錢嗎？」

「妳一個人飽就全家飽，而且妳在那邊上班那麼久了，特休那麼多，就請一下，有這麼難商量嗎？」

「我什麼時候讓妳難商量過？但這兩天單位有新人，我又接了離職同事的業務，真的比較忙……」

我媽在電話那頭重重地嘆了口氣，「所以妳到底要不要請？沒關係，不然就我們兩個老的帶著悠悠去醫院排隊看醫生，我們活到這把年紀了，還要這樣讓你們拖……」我媽就是這樣，說不過的時候，就是苦情牌打一手。

我如果再跟她說，拖到妳的是妳的寶貝兒子，到底跟我有什麼關係，她絕對會爆炸。我還記得幾年前大嫂得了產後憂鬱症，簡凌誠疼老婆，把不到一歲的嫩嬰丟給我跟我爸媽，帶著大嫂到國外度假半個月。我白天工作，晚上被悠悠折磨，最後得到的是一個難看到爆的草帽，甚至沒有一句謝謝，我忍不住對簡凌誠發了牢騷。

我媽很生氣地把我拉進房間叨唸，對自己哥哥還這麼計較，至少人家也是有想到妳，我跟她說，「最好不要有事才想到我。」我媽氣得唸我肚量小，最後還跟我冷戰了兩個星期。

從那次之後，我就不曾再說她寶貝兒子的不是，因為那對我無異是自討沒趣、自討苦吃、自找麻煩，但就算我媽再偏心，身為家人，我還是沒有後悔那時候累得像條狗一樣地照顧悠悠。

我愛家人，我不期待他們像我愛他們一樣地愛我，但至少要尊重我。

可顯然我媽總是沒學會，繼續得寸進尺，我大可以拒絕，但想到我爸媽都這把年紀了，兩夫妻要自己去看診就已經夠辛苦了，再想到悠悠跟著去醫院，也不是什麼好事，再怎麼為難，我還是答應，「妳跟爸明天幾點出門？」

「十點，所以妳十點前回來，知道嗎？」

「知道了。」我剛說完，我媽就掛掉電話。

我回到位置上填好假單，剛按發送，就被主任叫進去唸了，「帶新人請什麼假？還有那麼多工作要做，不是說妳不能請，但現在這時候，妳覺得適合嗎？」我沒有說話，讓主任發洩了五分鐘，他唸到開始咳嗽後就讓我出去了。

雪曼姊經常跟我說，偶爾要像瘋狗一樣瘋一次，別人才不敢咬妳，當別人不敢欺負妳的時候，自然就不用看書療傷，不用隨時對自己說，「我愛妳，謝謝妳，對不起，妳很棒。」

我當然明白，但我不想傷家人的心，這大概就是我出生時，老天爺在我額頭上點下的魔咒吧，不知道怎麼解除。

總之，我趕緊利用下午的工作時間，把工作內容交代給方博昱，然後不厭其煩地提醒，「除了我跟你說的這些以外，其他人要是找你幫忙，你就說我給你的工作已經很多了，怕做不完，不要隨意撿別人的工作來做，有一次就有第二次，接下來就會有無限次，然後你就會恨工作、恨這個環境，變成一個憤世嫉俗的人……」

「有這麼嚴重？」他好奇地看著我問。

「比你想像的嚴重。」我很認真地回答。

他明白地點了點頭，好像真的有把我的話聽進去，接下來他又忍不住開口，「那個我哥……不！是方先生那邊，學姊要怎麼處理？」

「就這樣啊，還能怎麼處理？」

「不好意思，他今天要是讓學姊覺得不舒服，我可以道歉。」

我笑了笑，「你要搞清楚，他本來就有權利針對招標內容提出質疑，他不是第一個對我大小聲的民眾或廠商，也絕對不會是最後一個，將來你也會遇到，切記一件事，永遠不要跟對方吵架，因為你是公務人員，民眾永遠是最大的，了解嗎？」

他又點了點頭，瞬間我以為我是他媽，如此諄諄教誨。

我看了一下時間，已經五點半了，今天我還得去美蘭寓所教課，我邊收拾東西邊說：「下班了。」方博昱點點頭，也跟著我收拾東西，我們一前一後同時間離開辦公室，一到門口，又看到學妹仍是那套裝扮地站在那裡，開心地朝方博昱揮手。我看方博昱一眼，他馬上解釋，「真的只是學妹而已。」

我聳聳肩，根本不在乎她哪位，只是方博昱看起來很困擾，大概又是個妹有意郎無情的悲劇吧。我給了方博昱一個好自為之的笑容後就要離開，沒想到方博昱突然拉住我，對著朝我們走來的學妹說：「貝貝，我跟學姊要去吃晚餐，沒辦法陪妳參加妳朋友的生日趴。」

學妹生氣了，「你明明答應我了。」

「我沒有答應妳。」

「你自己說等下班再說的。」

「我跟學姊還有工作要討論，抱歉，妳還是找別人陪妳去。」

學妹打量了我一眼，那眼神像是把我當情敵，我很想跟她說，真的大可不必，忘了妳中午還叫我阿姨嗎？我沒好氣地看了方博昱一眼，要不是他又用黃金獵犬般的可憐眼神偷偷乞求我，我真的會當面拆穿他。

「走吧。」我說完率先往前走，方博昱跟在我身後，我都能感受到那位貝貝眼神刺向我的寒涼，雞皮疙瘩瞬間起了滿身。

一走到某個轉角，確定學妹那敵意的眼神注視不再，我才回頭淡淡地看著方博昱，他馬上跟我道歉，「對不起。」

「不要再有下次，你的問題自己解決，把別人拖下水算什麼？」

「真的很抱歉。」

「不要就不要，找那麼多藉口幹嘛？」

他沒有說話，滿臉都是歉意，我覺得再多看他一眼，我就會心軟放過他，於是我逕自轉身離開，不想再多說什麼，趕緊移動到美蘭寓所，幫那裡的阿姨婆婆上課是我成就感的來源，也是最大的慰藉。

她們無論是哪裡病了，或是因為年紀大了，退化、手腳不協調，但她們的眼神始終閃著光芒，即便醫生說她們只剩一天可活，她們也能將最後的二十四小時活得燦爛美妙。

住在寓所裡的每個女人都有她們自己的故事，我在她們身上感受到韌性與堅持，每當生活裡有些小委屈，替她們上一堂瑜伽課，我的身心靈卻比她們還滿足，所以不管再累，只要有排課，我風雨無阻。

今天也不例外地得到了很多讚美與關心，抵消了方亦川的申訴、主任對我的不以為然，還有我媽的情緒勒索。

課後，海洋約我一起去吃晚餐，但我拒絕了，「如果妳是想知道我跟品潔吵完了沒，那我現在跟妳說，沒事了。」

「我只是很久沒好好跟妳一起吃飯。」她說。

「因為妳現在都跟一銘連體嬰啊。」

她嚇得連忙想要解釋，但我安撫她，「很好啊，有男朋友的人本來就會這樣，生活形態就是會改變，很正常！」如果聖勇沒有那麼忙的話，我應該也會跟他形影不離，「拜託一下，我們都這個年紀了，不會跟朋友的男人吃醋啦，一銘對妳好最重要。」

我是認真的，給朋友最大的支持永遠就是「祝福」兩個字。

海洋過來抱抱我，「不管妳現在跟誰交往，我也送給妳同樣的話，他對妳好最重要，雖然我很想知道到底是誰，我有一百個問題想問，但除非妳想說，否則我絕對不會過問，妳開心就好。」

我也抱抱她，什麼都沒有說，只是拍拍她的背，「我明天還要回家照顧悠悠，想早點回去躺平了，改天再聊。」

海洋點點頭，見我去意甚堅，只得放開手，「有什麼事隨時跟我說。」

我雖然應了一聲好，但我很清楚，沒錯，朋友真的很重要，可是人生的難關跟問題還是只有自己能面對，這些安慰跟陪伴都只是短暫的救贖，眼淚還是只有自己在流，畢竟不管一個人還是兩個人，都有哭泣的時候。

我以為沉重的心情會持續到晚上入睡後才能擺脫，卻沒想到我回到家，竟然得到聖勇精心布置的兩週年紀念日晚餐，我愣住了，「兩年了嗎？」

他笑了笑，送給我一朵白玫瑰，「不然妳以為呢？」

「我想說一年多，但真沒仔細想。」

「不可能吧，通常這種紀念日，女生都應該記得比較清楚不是嗎？」

「你這是在戰男女？」

「我不敢！我只是以為妳記得，而且很期待，我才想趁著妳教課回來之前趕快布置，給妳驚喜。看來我成功了？」

怎麼可能不驚喜？我感動地點了點頭，在他額頭上親了一下，然後他把我拉到餐桌前。他居然做了沙拉、煎了牛排，還倒了紅酒，「你真的是想讓我感動到哭嗎？」

「拜託，我是想看妳笑才做的，笑就夠了。」

於是我笑，他餵我吃了一口牛排，然後我們開始討論起他的廚藝、他選的紅酒、他的沙拉醬是用什麼做的，他很開心地跟我仔細說明，但我想聽的不是這個，而是別的。

他似乎察覺我的不對勁，關心詢問：「妳還好嗎？」

我點了頭後，又忍不住搖頭，接著深吸口氣問他，像在引爆一顆地雷一樣，「我知道你對你公司的未來抱著很大的期待，但你有想過，萬一這次沒有想像的順利，你還要繼續撐下去嗎？」

他愣了一下，略微遲疑後回應我，「會順利的。」

「難道你沒有不順利的備案？」

他把刀叉放下，很嚴肅地對我說：「我只能成功，沒有別條路了。」

我輕輕一嘆，把包包裡領出來的十五萬放到他面前，「這是我最後的存款，我能給你的支持，應該就只有這麼多了。」

「妳這什麼意思？」

「昨天你睡著以後，我不小心看到你的手機，會計說公司有票要軋，還有你身上的傷是債主打的，聖勇，我知道你很想證明你自己給你媽看，可是我需要的不是你多成功，而是我們各自有穩定的生活，好好地在家吃頓飯、過過日子，我不用上班的時候分神擔心你這個月是不是又周轉不靈……我只是想要一段很平凡的感情而已，就算你去當工人，我也會愛你……」

聖勇朝桌上重重一拍，拿起一旁的手機，半句不吭地離開家裡。我看著眼前的十五萬，眼淚莫名掉了下來。好討厭吵架、好氣恨爭執、好厭煩現在的自己，不是說好了要當聖勇的依靠，我現在卻是在逃，還用如此傷他自尊的方式對待他，我真是個不及格的女朋友。

一整個晚上，聖勇都沒有回來，打他手機也沒有接。

四開頭的戀愛，也沒有談得比較好，真是丟臉。

我抹去眼淚，想試著平復心情，從書櫃裡拿書出來看，卻一個字也看不進去，什麼「你以為你在熬，其實是在重生」，還有「學會溫柔地對待自己，就是愛自己的起點」，最後一句是「成熟不是變得無堅不摧，而是能接受脆弱」。

我接受了我的脆弱，然後呢？

此時此刻，我仍然無助，甚至更瞧不起自己，想起過去自己鼓勵聖勇的每一句話都像在打自己巴掌，原來我的支持也是有底限的，現實果然是打敗愛情的魔法。我把開了的紅酒喝光，不知道自己是怎麼睡去的。

再次睜開眼，是被我媽的奪命連環 call 吵醒，一接起就聽到她破口大罵，「妳是在哪裡？電話也不接，到底有沒有要回來？我跟妳爸準備要去醫院了，不是說好了要回來照顧悠悠？」

我都還沒有緩過神，丟了一句「我現在馬上回去」，拿了包包，用最快的速度出門，我沒有開車，因為我知道自己還渾身酒味。

果不其然，一回到家，我媽跟我爸就趕著出門，跟我錯身而過的同時，我媽皺眉，「妳一個女孩子家喝到現在還有酒味，是成什麼體統？我們家小孩誰像妳這樣喝酒了？妳真的是很不自愛！」

我媽還想繼續唸，但我爸等不及了，「快點，車子都來了。」

於是我暫時得到一點點喘息的時間，無力地躺在沙發上。悠悠放下她的畫筆，爬到我旁邊躺著，「大姑姑心情不好嗎？」

「沒有。」

「可是阿嬤說妳喝酒，老師說心情不好的人才會喝酒。」

「開心的時候也會喝酒。」

悠悠突然把臉湊到我面前，仔細地看了我一眼，「但我覺得妳沒有開心。」

我忍不住笑，捏捏她的臉，「妳又知道了。」

「妳是不是想說小孩子懂什麼？大人才不懂。」

「悠啊，妳真的好不像小孩，講話語氣可以不要這麼老成嗎？」

「老成是什麼？」

「老成就是妳才快六歲，但講話像六十歲。」

「我才不要像阿嬤，那麼愛唸。」

「不可以對阿嬤沒禮貌喔。」我叮嚀她。

「媽媽都說阿嬤最愛唸啊。」小孩子不會說謊，不管是她爆我大嫂的料，還是在說我媽的問題，我都沒辦法反駁。

「好啦，這些話以後都不要亂說。大姑姑陪妳玩，妳想玩什麼？」

悠悠看著我，歪頭一想，接著突然跑去我房間，我好奇地跟上去，「去我房間幹嘛？裡面都沒有整理……」

我還沒有說完，悠悠就拿著一個手作娃娃跑出來，接著撞到我懷裡，我們兩個倒在地上，笑了出來，「妳有沒有受傷？」我問。

「大姑姑有哪裡痛嗎？」她擔心地爬到我身上關心，我搖頭，她開心地拿起娃娃問我，「我想做這個娃娃，阿嬤說這個是妳以前上學做的，好厲害。」我接過手作娃娃，這才回想起來，這是我高二家政課時的編織作品，主題是「未來的想像」。

我故意把這個娃娃的嘴做得很大，那時候老師還問我作品想表達的是什麼，我說，「我想當個愛笑的人。」這個娃娃的分數很高，校慶時還放在走廊展覽，果然未來只能想像，愛笑的人哪有那麼容易當。

我拍拍悠悠，「現在沒有材料，以後再教妳。」

「那這個娃娃可以送我嗎？」

「好啊。」

「耶，大姑姑最好了。」悠悠自己玩著娃娃，我則是又等著聖勇的訊息，傳給他的，他通通沒有讀，我放下手機，也暫時放過自己，打起精神問悠悠，「中午想吃什麼？」

「泡麵！」

「不行。」

「那有加蛋跟菜菜的泡麵？」她討價還價的功力愈來愈像我哥了。

我分析道理，試著說服她，「妳媽咪嚴禁妳吃泡麵，大姑姑再疼妳都不能壞了規矩，想吃麵的話，烏龍麵跟炒麵，妳選一個。」

她只能妥協，「烏龍麵。」幸好她的不開心一下就過了，我迅速煮好麵，兩人一同分食，她突然重重地嘆了口氣，我愣了一下，「怎麼了?不好吃?」

「好吃，我只是有心事。」

我被她逗笑，「什麼心事?」

「我不想要弟弟跟妹妹。」

「這麼突然?」

「媽媽一直問我想要弟弟還是妹妹，我就不想要啊。」

「有兄弟姊妹不錯啊，可以陪妳一起玩。」

「我有同學可以陪我，還有大姑姑。」

「那不一樣……」

「反正我就是不要，大人會偏心。」

「誰跟妳說的?」

「阿嬤跟阿公也偏心啊，阿嬤比較疼爸爸，阿公疼小姑姑。」悠悠說得很理所當然，但我卻一度無法呼吸，試著解釋，「阿公阿嬤也疼大姑姑啊。」悠悠看著我，輕輕搖頭，卻像是在我心裡狠狠一撞。

原來我爸媽的偏心，不只有我這個小孩子感受到而已。

小時候的我，看著我媽總是第一句先關心我哥，看著我爸總是第一個抱起我妹，我並不覺得難過，雖然有點小失落，但我媽常說，哥哥以後要養家，會很辛苦，我爸則是認為妹妹還小，要多照顧。

我就是很聽話的孩子，不想給爸媽造成困擾，畢竟爸媽也不是不疼我，又有什麼好抱怨的。

直到那天，我們一起去百貨公司吃我妹妹最愛的漢堡，拍了照片，正在逛街，我媽說快過年了，順便買幾件新衣服，先挑我哥的，再挑我妹的，總算要挑我的新衣時，突然警鈴大響，廣播大聲播放著：「各位顧客您好，現在館內發生狀況，請您保持冷靜，聽從現場人員指示，盡速依照緊急出口方向有序疏散。請勿搭乘電梯，使用樓梯疏散，並協助身旁孩童與行動不便人士一同離開。請聽從現場廣播與人員指示，謝謝您的配合……」

所有人都嚇到了，大家如驚弓之鳥般竄逃。

我也害怕，才想喊爸媽的時候，我看到我媽拉著我哥，我爸抱著我妹往緊急出口方向跑去，我頓時愣在原地，被經過的人撞歪了方向，霎時不知自己身在何方，我跌坐在地，眼前的人來來去去，我驚慌失措，在那一瞬間失去了最重要的東西，可以說服自己爸媽愛我的底氣。

直到廣播再次響起：「各位貴賓您好，剛才響起的警報是系統誤觸所致，目前館內一切安全無虞，請您放心停留與購物。造成您的不便，敬請見諒，謝謝您的配合與理解。」

突然所有人都冷靜下來了，幾道咒罵聲此起彼落。

而我還坐在原地，想著我爸媽是否還記得有我這個女兒的同時，他們終於出現了，第一件事不是抱著我，安慰我不要怕，而是我媽氣得吼我，「簡凌菲，妳怎麼不跟著我們走？」

我爸也氣到不行，「妳知道我們走到樓梯那裡發現妳沒跟上有多緊張嗎？」

我以為會得到安慰的，卻都沒有，句句責罵，「還好是誤觸警報，要是真的出事了，妳看妳怎麼辦？」

從那天起，這個場景成了我一輩子忘不了的惡夢。

一直到現在，我都有句話想對他們說：「不是我走丟了，是你們從來沒記得牽著我。」

後來我學會了，不哭不鬧，

是因為早就知道，沒人會回頭找我。

Chapter 5

沒人問我累不累，
因為我看起來，永遠都好像還可以。

我隨口打發悠悠，試圖改變她的想法，但很可惜的是，不管我怎麼說，她總能再舉例反駁我，比如，「每次大家回來，阿公只會叫阿嬤準備小姑姑喜歡的紅燒排骨，阿嬤也會煮爸爸愛吃的燉牛肉，可是都沒有人想到妳啊，我知道大姑姑愛吃菜，吃很多很多菜，最喜歡吃魚……」

我很感謝她記住我愛的一切，但我爸媽的偏心已無法從她腦中抹去，我只能轉移她的注意力，陪她畫畫，希望我跟她都可以忘記剛剛提及的殘忍話題。這時，我爸媽回來了，大概是因為悠悠說的這些話，讓我跟爸媽說話的時候，總忍不住偷偷瞄向悠悠，深怕她又仔細觀察，把這一切看得太過透澈，讓我的脆弱無所遁形。

我只好問她，「要不要去睡午覺？」

她馬上搖頭，「不要，我要跟大姑姑一起。」

我媽就又開始叨唸悠悠，「妳現在不睡，等吃晚飯的時候說睏，妳媽媽又要生氣。」

「媽媽本來就愛生氣。」

我媽還想再唸，我出聲打斷，「妳跟爸吃午餐了嗎？」

我媽沒好氣地瞪我爸一眼，開始抱怨，「吃什麼吃？光是等看診拿藥，弄完都十二點半了，我說在附近隨便吃一點，妳爸就說吃外面的貴，叫我回來給他炒個飯，他就是覺得我身體還不夠差，可以繼續被他折磨！」

我爸被這麼一說也不開心，「我就討厭吃外食，讓妳回來隨便弄點吃的，搞得好像多委屈，我是要妳煮山珍海味了嗎？」

這時門開了，我妹突然跑回家，躺上按摩椅就開始問，「媽，有東西吃嗎？我好餓。」

我媽疲憊不堪地問：「妳又跑回家幹嘛？小孩呢？補習班呢？」

我妹按下按摩椅開關，享受著推揉擠壓，「我很需要 me time 好不好！孩子丟給我婆婆了，補習班當然是老公要負責啊，這他的事業耶，我是老闆娘，只要享受就好了吧？」

我媽沒好氣地嘮叨，「妳喔！都生孩子了，卻比小孩子還不如，三不五時就跑回家，那是妳老公脾氣好，要是他一氣之下把妳離了，看妳怎麼辦？」

這時我爸霸氣說話了，「離就離，孩子帶回我們簡家，我養不起嗎？凌安是嫁出去了，但她永遠是我最寶貝的女兒。」我妹一聽，跑過去抱著我爸撒嬌，被感動到眼淚都要掉下來似的。

我媽看到搖頭，我則是不想多看一眼，別過頭時，看到悠悠正在觀察我的反應，我一時心虛，連忙裝鎮定，清清喉嚨說：「媽，妳休息吧，我來煮就好了，水餃跟貢丸湯好嗎？」

我妹歡呼，「耶，那我要十顆，還想吃菜脯蛋。」我懶得回應她，走向廚房，我妹突然跟進來問，「對了，怎麼妳也在家？不用上班？」

「請假，悠悠沒人顧。」

「媽還說我好命，大嫂才好命吧，隨時一通電話call妳，妳就回來幫忙，欸，姊，下次也幫我顧圓圓滿滿嘛。」

我轉頭看她，「我看起來很像傭人嗎？」

「幹嘛這樣？妳就是偏心悠悠，不疼我兒子。」

「不然水餃妳自己煮。」我說完，她馬上轉身走出去，有夠白目。

我很快地弄好爸媽跟我妹的午餐，他們在餐桌上吃著，我媽又突然提起我喝酒的事，「簡凌菲，妳幹嘛喝那麼多酒？妳不會在家沒事都在喝酒吧？好好的女孩子，不要把日子過成這樣，真是不像樣。」

我沒有回答我媽，只是陪悠悠看著故事書。

我妹卻開口，「媽，妳不要那麼落伍好不好，現在女生喝酒又沒什麼，姊是單身貴族耶，什麼煩惱都沒有，又有穩定的工作，搞不好她喝酒是慶祝自己沒有小孩找麻煩，快樂得很呢！」

我媽仍是那句，「萬一喝上癮了，以後還有誰要？」

我妹嗤之以鼻地反駁，「搞不好姊就單身主義，看到我這麼慘，這輩子都不想結婚了，而且現在年代跟以前不一樣了好不好，要是讓我再選一次，我覺得談談戀愛就好，都不會有婆媳問題，還可以住在家裡給爸爸疼，多好。」

我忍不住回她，「妳可以馬上離婚啊，爸剛才不是也說了，妳離一離，可以把兒子帶回家住，他會養妳，結婚如果這麼痛苦，何必堅持下去？我可以當妳的離婚證人，簽個名而已，那麼簡單。」

頓時，空氣安靜下來。

我爸一臉想反駁我，又不知道該怎麼開口的樣子，畢竟我只是重述他自己剛剛說的話。我妹則不爽地放下碗筷回擊，「妳幹嘛？大姨媽來喔，都不能說兩句。」

「妳也大姨媽來是嗎？我就不能說兩句？」

我媽看我們姊妹要吵起來，也生氣地罵，「有完沒完？妳們姊妹每次回家就吵架，一個都當媽了，一個都四開頭了，還在小孩子面前這樣，丟不丟臉？」我知道接下來矛頭肯定是回到我身上，從小就這樣，我媽看向我，苦口婆心地說：「凌菲啊，妳是真的不打算結婚嗎？再這樣下去，小孩真的會生不出來耶，妳以後怎麼辦？」

「我有凍卵。」我說。

「那也得要結婚才能用啊，還是妳要去國外生小孩，當個單親媽媽？」我妹就是嘴巴不能輸，什麼都有她的局。

我瞪了她一眼，她毫不在意地繼續塞水餃入口，我恨不得整盤都塞進她的嘴，讓她說不出話來。我媽一聽她說完，重重嘆口氣，嘴巴繼續嫌棄著，「也不知道妳在外面搞什麼，我們家算是很自由了，結果呢，談戀愛都沒有結果，要是這樣，不如我找媒人幫妳介紹，也不是說要妳嫁入豪門，找個有責任感，像妳爸爸這樣願意顧家養家的就行了，妳是不是眼光太高了？我還以為妳會是三個孩子裡面最早結婚的人呢，結果都四十了還沒嫁，姑婆他們每次來都在關心這件事，搞得好像我這個媽都沒在管妳未來怎麼辦，我還沒辦法反駁，嫁人到底有什麼難的呢？妳到底還要挑到什麼時候？」

我媽長篇大論外加情緒勒索，沒結婚的是我，卻講得她比我還委屈，我實在聽了頭好痛，結婚對別人來說不難，但在我身上就是沒辦法發生，我也覺得像簡凌誠這種媽寶還有人要嫁，簡凌安這種白目妹妹還有人要娶，根本就是什麼神話還是神蹟，跟他們比起來，我簡直就是正常人，可偏偏沒市場，是要我怎麼辦？眼一閉隨便嫁嗎？

我已經到達想走人的程度，我妹這時又開始補充，「媽！姊也不是挑，現代人都嘛不婚，一個人多自由，想幹嘛就幹嘛，像我們這種結婚的人才會被笑笨，才會被說自己選的自己承擔，女力妳懂嗎？現在女人多強，靠自己就夠了，我這種弱的才要靠男人。」

我媽氣炸了，反駁我妹，「以後是能靠自己推輪椅嗎？」

我看著我媽，「現在也有電動輪椅啊，到底有什麼好擔心的？再不然長照險買多一點，總有人幫我推的。」

我媽死瞪著我，一副快要腦中風的樣子。我很抱歉，我無意惹她生氣，但有些話我實在忍不住要說，因為我吞不下去。

這時，悠悠放下故事書，站起來向全家人宣布，「我會幫大姑姑推。」

我爸媽跟我妹同時失笑，我妹還對悠悠說：「到時妳長大了，只會想過自己的日子，才不會管家裡這些老人呢，話不要說得太早。」

悠悠抗議，「反正我會照顧大姑姑，你們不要再唸她了，而且阿嬤，大姑姑有男朋友了。」

瞬間，像是炸彈爆開一樣。

餐桌上的三人，再加上我，都錯愕地看向悠悠，悠悠看了我一眼，很驕傲地對著我爸媽跟我妹說明，「我看到大姑姑手機裡面有跟一個叔叔抱抱的照片。」我整個人大傻眼，她是什麼時候看到的？難道是我拿手機給她看巧虎的時候，她那肥嫩的手不小心去滑到嗎？

我妹衝過來就要搶我手機，我推開她，「幹嘛啦！」

「有交往對象幹嘛不說？不會只是玩玩吧？」

「可不可以管好妳自己就好？」我覺得煩。

我爸媽好奇地看向我，我媽馬上開始身家調查，「在一起多久了？幾歲了？爸媽還在嗎？是單身吧？妳可千萬給我睜大眼睛，不要去當小三耶！也不要去當人家後媽，這我不同意。妳先說他做什麼工作的？一個月賺多少？有房子有車子嗎？手機拿來我看看……」

我被問得整個人體溫至少上升十度，「媽，剛好就好，還要查我手機，妳以為我還是高中生嗎？」

「妳那麼久沒帶人回家過，難道我不擔心嗎？」

「這個對象適合結婚嗎？」連我爸都問了。

我只覺得窒息。如果是前兩天，我或許會開開心心地對他們說，我想跟聖勇結婚，我在等他一帆風順後組個快樂的家庭，但現在我沒有把握，我甚至什麼都不敢多提一句。

這時，我手機響了，我接起，是品潔打來的。

「可以講電話嗎？」她問。

「妳說。」

「董娘滿喜歡妳的履歷，妳晚上可以過來一趟嗎？試教看看？別擔心啦，有我在，我會cover，我不會跟她們說妳是公務人員，我只說妳是美蘭寓所的瑜伽老師，妳不能現在跟我說不要喔，我都大力推薦了。」

我深吸口氣，想想被我領光的戶頭，想想聖勇需要的不只十五萬，想想我的確需要多賺一點錢，我只能回應，「幾點？」

「我馬上把時間地點傳給妳，晚上見。」

品潔說完就把電話掛了，隨後她傳來寫著時間跟地點的訊息，我看了一下手機，對我爸媽說：「我晚上還有事，先走了。」

我拿了包包離開，我媽跟我妹還在我後面追喊著，「妳還沒說那個男生是誰耶？」「在一起多久了啦？」大門關上的時候，我還聽到我妹問悠悠，「簡悠，大姑姑男朋友帥嗎？」

「我才不要告訴妳。」悠悠的聲音被門隔擋，我站在門口，心裡悶到忍不住用手捶了胸口兩下才離開。

回到租屋處梳洗後，準備要去上課的用具跟衣服，出門前又忍不住打了電話給聖勇，但他還是沒有接，這是第一次他幾乎一整天沒有任何消息，我傳了訊息給他，說了一聲「對不起」。

傳完之後，我看著「對不起」三個字，突然疑惑為什麼我需要道歉？

想到這裡，一股想哭的衝動湧現，但我把哭意吞了回去，然後出門，去了品潔給我的地址。

是一棟高級豪宅大樓，光是走進去，就像出國在通關一樣。這棟豪宅的外來訪客甚至需要安檢，我還得打開包包讓他們檢查裡面有沒有危險物品，品潔來到大廳，接我到豪宅裡附設的瑜伽教室，裡頭裝潢優美、設備齊全，還有香氛飄散在空氣中，令人心曠神怡，這簡直是我夢想中瑜伽老師工作室的完美範本。

我一臉不可思議地問品潔：「說真的，我也不是沒見過董娘級別的人，但妳認識的這個董娘是什麼大人物？這豪宅也太豪、太奢了吧？該不會連警衛室的玻璃窗都是防彈玻璃吧？」

品潔點了點頭，「妳很懂嘛。」

我傻眼，「好吧，果然我們是不同世界的人。」

「其實董娘她們人都還不錯啦，就是比我們想像的有錢很多很多很多而已……」品潔說完又低聲在我耳邊補充，「有錢人最怕死了，妳懂的，她們一年可以花上妳十年的薪水在阻止自己變老！總之，董娘說，如果這次體驗很好，以後妳來幫她們上一堂課是兩萬。」

我差點沒咳出血，「一堂課才六十分鐘，就有兩萬？」

「對啊，之前的老師是一萬八，看在是我介紹的份上，董娘願意多給一點，但前提是妳要教得好，我就說了，不要只賺死薪水，搞不好趁這次做五休二十五，還能月入十萬，日子多好過。」品潔說得口沫橫飛，但坦白說，給得愈多我反而壓力愈大，深怕自己教不好。

品潔帶著忐忑的我認識董娘跟同棟豪宅的其他兩位太太，也就是我只需要帶三人小班，上完六十分鐘就可以拿到兩萬塊，太驚人了這個報酬率。

我非常緊張地說明上課的流程跟內容，用字遣詞比我處理方亦川申訴時還要小心，擔心給了壞印象，並且影響到品潔，接著我記錄三位太太目前的程度及身體狀況，她們的要求是三不一沒有，不流汗不狼狽不要有肌肉，但要沒有脂肪。

我在心裡大喊，這什麼天方夜譚？

但為了錢，我只能點頭微笑，接著彷彿兩隻手捧著別人家的骨灰罈在上課，戰戰兢兢之戰戰兢兢，萬一摔碎了，我這條命可能也沒了，不要想著這世界上會有好賺的錢，我錯了，簡直錯得離譜，好不容易熬到了下課時間，三位媽祖平安下轎。

我都還沒喘過氣來，董娘二話不說直接塞了一疊錢在我手上，「妳不錯，就給妳上了，接下來等我們討論出上課時間，會再請品潔轉告的。」說完，董娘拿了毛巾跟水就優雅地轉身離開，另外兩個貴婦也是，快得讓我猝不及防。

她們剛走，品潔就進來，關心地問著，「還好嗎？感覺她們上得滿開心的。」

我尷尬地點點頭，很老實地跟品潔說：「但幫她們上課我會短命。」

「妳不要這麼誇張好嗎？哪有這麼嚴重……」

「我說真的，我覺得壓力好大，然後想到我還有正職，我就忍不住心虛，連講話都在發抖。」我嘆了口氣，自知自己不是這種可以多賺一點的料，便把董娘給的錢放到品潔手上，「品潔，真的很對不起，我想我可能沒辦法，是我的問題，我過不了自己的心魔這關。」

品潔先是一愣，接著捏捏手上那疊錢的厚度，再問我一次，「妳確定不要？上一堂課就能賺這麼多耶？」

我看了那疊錢，最後還是點了點頭，「確定，覺得自己好像在犯法，這收入真的很高，但我真的收不下去，我沒那個臉啦，真的很對不起，希望沒給妳添麻煩……不好意思，我真的很抱歉……」我快快把道歉的話都說完，覺得自己也踐踏了品潔的好心，又一次對不起她。

但品潔也沒有逼迫我，只是深深打量我後，一臉被我打敗地說：「好吧，我來處理。」

「會害到妳嗎？」我最擔心的是這個。

「應該是不至於啦，至少我有盡力幫忙找人來上課了，妳要不要繼續上也不是我能決定的。」

「還是我親自去跟董娘說聲抱歉？」

「不用了，妳以為妳很重要嗎？她們只會覺得是妳自己的損失。」

「的確是，但至少我可以心安理得一點。」

「好啦好啦，不勉強。說真的，我也不意外，當了十六年的公務員，妳要冒險早冒險了。我現在就去跟董娘說一聲，妳等我，等等一起吃飯？」

我點頭，誠懇說道：「那讓我請客當賠罪。」

品潔笑了出來，「成交，我拿錢去還給董娘。」

於是我去更衣室換回平時的衣服，在外頭休息區等品潔，畢竟沒有她帶我，我也無法出去。正當我拿起手機想看聖勇有沒有回訊息時，我聽到有人喊我，「阿姨？」

我抬頭一看，這不就是喜歡方博昱的那個漂亮小學妹嗎？我錯愕地問：「妳怎麼會在這裡？」

她笑出聲音，一臉我很莫名其妙地說：「我來找我媽啊，管家說她來上瑜伽課。倒是妳，怎麼會在這裡？」她打量我的包包，我的瑜伽服放在一旁還沒有收進去，她馬上就猜，

「難道妳是來幫我媽上課的新瑜伽老師？」我馬上心頭一緊，好像真的做了什麼壞事被發現一樣，她媽媽應該就是剛才三個貴婦的其中之一吧，我馬上口乾舌燥。

「妳兼職喔？公務人員可以兼職嗎？」她直接得不得了。

「我沒有。」

她打量我一眼，聳聳肩，「有也沒關係啊，阿姨，只要妳多跟我說一些學長的事，我就幫妳保密。」她轉著靈活大眼，生怕別人不知道她年輕一樣。我有些不高興地說：「我跟方博昱根本不熟，我也不覺得妳用這種方式來打探別人隱私是好的。」

「哪裡不好？知己知彼，百戰百勝啊，學長太有距離感了，我要是不多想辦法跟他接觸，怎麼讓他喜歡我？」

我很嚴肅地回應她，「那跟我沒關係。」

小學妹笑了笑，「阿姨，妳好凶喔，開個玩笑也不行？是不是兼職心虛了？」

我看著她嘻皮笑臉的樣子，火氣差點上來，但看在品潔的份上，我忍了下來，只是淡淡地回應小學妹，「我想方博昱會跟妳保持距離，肯定有他的考量，妳滿討人厭的。」她都叫我阿姨了，我實話實話應該也不過分吧？

霎時，小學妹拉下臉來看著我，口氣頗嗆，「妳是不是不知道我媽是誰？」我真是無語，只能說，「我一定要知道嗎？」

她略帶憤怒地看著我，而我心情也沒有多愉悅，兩人對峙著，我自己是覺得我很丟臉啦，都幾歲了，實在不需要跟一個小女孩計較，但她這副囂張眼神就是讓我克制不了，平常我是個溫和不愛吵架的人，可能是最近事情太多，我的敏感神經特別發達，我覺得她現在就是在報復我替方博昱解圍。

這時品潔回來了，看到小學妹在我面前，也有些驚訝，「貝貝？妳找妳媽嗎？她已經回去了。」

那個氣勢滿滿的女孩瞬間變成一頭綿羊，笑笑地對品潔說：「是喔，我想說我們家社區怎麼來了一個不認識的人，好奇一下嘛。」

「她是我朋友。」品潔這樣說。

「喔，那不打擾了，我回去找我媽了，姊姊bye！」她只朝品潔揮揮手後就走了。品潔見我還盯著貝貝的背影看，拍拍我，「不要羨慕，人家出生就含著金湯匙，是董娘的獨生女，疼到不行，今年的生日禮物是一艘遊艇。」

「一座靈骨塔也跟我沒關係。」我回神，收拾情緒說著。

品潔一臉驚奇地看著我，「妳好衝喔！怎樣？她剛才對妳沒禮貌嗎？」

我反問品潔，「妳這樣問好像她很常沒禮貌？」品潔倒是很直接地點點頭，「是啊，被寵壞的小公主是能多有家教？妳以為她叫我姊姊，是真的有在尊重我嗎？沒有這件事，做做場面而已，對她來說，我只不過是個需要她媽媽幫忙的生意人。」

我忍不住同情地看了她一眼，「妳賺的真的是自尊錢耶。」

「閉嘴喔。」

「董娘不投資，妳電商公司會倒嗎？」我真的很好奇。

「是不會馬上倒，但可能會慢慢倒。走啦，先吃飯再說。」我知道品潔在故作輕鬆，我仍然覺得自己的反覆造成了她的困擾，不管她等一下會不會喝掉我這個月的薪水，我都願意。

我們最後去了居酒屋，老闆給了我們一個舒服的四人桌，可能看品潔一副就是要來大吃大喝的樣子，怕吧台或是兩人桌會放不下餐點。

「妳請客對吧？」品潔再確認一次，我點了點頭，我確定這裡可以刷卡，額度絕對夠她吃。

於是，她毫不留情地幾乎把整張菜單都點過一次，我也沒有阻止，只是說了一句，「吃不完，妳要打包回去喔，不能浪費食物。」

她狠狠喝了一口剛送上來的啤酒，「放心，我很餓，肚子跟心靈都很餓，妳懂嗎？我很飢渴！」

我壓抑翻白眼的衝動，對她比了個噓，「是可以不用這麼大聲。」

「怎麼啦？這是個承認寂寞有罪的世界嗎？」

「沒有，但拜託妳不要還沒喝就醉了可以嗎？」

「如果可以每天活得像喝醉一樣有多好。」她笑嘻嘻地直接乾掉一整杯酒，又跟老闆續杯，我沒有阻止她，畢竟天底下阻止不了的事有兩種，一是被詐騙，二是女人要喝酒。

「妳心情不好嗎？」我看著她問。

「妳應該問我心情哪天好過……」她咬了口剛送上來的雞腿串，一邊回應我，我那種莫名的罪惡感又衝了上來，品潔馬上就說，「跟妳沒關係喔，不要在那邊自以為是。拜託，妳沒有那麼重要好不好？以為妳不教課就會影響我公司嗎？還是以為我離婚後，每天都因為妳痛哭流涕？吃大便啦。」

我無言以對，「妳很髒。」

「我只是誠實形容我的感覺而已，幹嘛？一點髒字都不能說？還想當我感情的小三？現在妳沒那個本事啦！」

「妳可不可以閉嘴？」真的快被她氣死。

「妳愛亂想，我就不能講嗎？老娘現在每天換不同的男人睡，我就看妳還怎麼當小三？」

品潔說完還得意大笑，有夠大聲，頓時我感覺店裡所有人都看向我這裡，尷尬得要死。

就在這種接近社死的狀態，我回頭瞄到坐在我身後吧台位置的方亦川，他也正回頭看著我們這一桌，用著很不以為然的眼神。冤家路窄到這種程度，我也是拿老天爺沒辦法了。

他別過頭，繼續喝他的酒，吃他的東西。

我深吸口氣，也坐正身子，拉著品潔勸說：「小聲一點好嗎？」

「又不是什麼見不得人的事，有什麼不能講？這才是現代正確的愛情觀啊，想怎麼約就怎麼約，不要妄想什麼長相廝守永浴愛河百年好合，沒有這種事，沒聽周杰倫唱過嗎？最美的愛情回憶裡待續……回憶裡，聽到沒有？」

我直接拿雞肉丸子塞她嘴，「好好好，冷靜，拜託。」

她咬了兩下就吞下去，接著又灌掉一杯啤酒，然後繼續說：「要不要看我最近約會的對象，都是鮮肉喔，很帥體力又很好喔！」說完，品潔拿起手機，滑著照片要跟我介紹，手機還打到我的臉，有夠失控。

「妳喝醉了嗎？」

「誰醉了，兩杯汽水而已，妳在跟我開玩笑嗎？要不，不看我的男人，那看妳的啊，快點跟我說妳男友是做什麼的？幫妳調查一下，我有朋友在徵信社上班，就上次抓妳跟高振宏那個，你們應該見過吧？」

我頭真的好痛，好荒唐，這就是為什麼我始終覺得我和品潔很難成為朋友，一不小心就會很失控，她的聲音大到我已經放棄摀她嘴，而我也能感受到身後傳來方亦川的注視，我忍耐地拍拍品潔，「我幫妳叫車好嗎？」

「不用，我就說我沒醉了，妳啊，不要對男人用情太深了，會吃虧的，現在不流行什麼吃虧就是占便宜，吃虧就是叫那個人去死。快！跟我說他叫什麼名字，我要去警告他，一定要對妳好……」

「他對我很好。」

「多好？」

「就很好，妳不用擔心。」我只想快點結束這個話題。

品潔搖著頭看我，眼眶泛紅，「慘了，妳愈這樣說，我們只會愈擔心，妳就是那種愛到卡慘死的最佳代表……」品潔說到一半，眼神從我的臉移開，看向我身後的位置，然後揚起迷人的微笑，舉起她的手朝我身後搖了搖手，「嗨！」

我頓時頭皮發麻，迅速回頭看去，不可能吧不可能吧不可能吧，無論我內心大喊了幾千萬次不可能，它還是發生了，藍品潔居然對著方亦川放電！她一定是瘋了！

我看到方亦川的臉色更加難看與不屑，順道還朝我鄙視地瞅了一眼，接著轉過頭去，跟老闆說了兩句後，我看到老闆幫他換到離我們最遠的位置。我好想掐死藍品潔，回頭嗆她，「妳幹嘛啊？隨便跟人家打招呼？」

品潔一臉理所當然，「他剛好轉頭過來，我看他樣子是我的菜啊，我不能進攻嗎？」

「桌上全是妳點的菜，妳倒是吃啊！妳看人家嫌棄到換到最遠的位置了。」

「So what？有表示有機會啊。」

「看來人家對妳沒意思。」

「那是他的損失。」她又灌了一瓶酒。

我只喝了一杯，都快跟她一樣醉了，「妳是哪裡來的自信心？」

「老娘有錢啊。」

好喔，她說了一個我現在剛好沒有的，我無法反駁，她繼續補充，不，應該是繼續打擊我，「女人有錢就有美貌，比妳看那些什麼心靈成長的破書有用，來，妳摸摸我的臉，剛花了三十五萬，美吧？我走出去不會比那些二十五歲的妹仔差，自己創業還有前夫給的贍養費，日子爽爽過，要我在感情裡吃虧？門都沒有，妳還看不懂嗎？這世界就是在專門懲罰努力跟天真的人，妳剛好就是努力又天真還笨到不行的那一種，身為女人，妳真的是我們的恥辱耶……」

品潔說的每一句話都讓我感到無比憤怒，但身為全世界最會檢討自己的人，我想反駁的氣勢在生起的瞬間又煙消雲散，我甚至還說了，「抱歉，我知道我很沒用。」

品潔突然整個人倒在桌上，半張臉緊貼著桌面，笑呵呵地指著我，口水都要流下來。就算花了幾十萬的醫美，也修飾不了她現在表情的醜陋，「可是我很羨慕妳耶，就算失戀了還可以愛人，還可以重新相信人，妳好勇敢……是因為年紀大的關係嗎？」

我可以確定她真的醉了，而且很醉，我勉強微笑點頭，「對啊，等妳跟我一樣老的時候，就什麼都不怕了，因為我們再活也活不久了，傷心算什麼啊，妳說是不是？」

品潔哈哈大笑，口水真的流出來，不就三杯啤酒，怎麼有辦法醉成這樣？正當我覺得不可思議的時候，這才看到桌上還有一瓶不知在什麼時候喝掉的燒酎，這小姐是混酒了才醉成這樣嗎？

我只好坐到她旁邊搖搖她，「品潔，我送妳回去。」

「回去哪裡？我還要吃、還要喝！還要搞很多男人！」品潔大聲地立著flag，這時我只想丟下她，由著她去撞牆。我都忍不住懷疑，她是不是用這種方式在報復我？因為我沒辦法接瑜伽老師的工作，剛剛董娘給她難看，所以她現在讓我難堪？

全場的人都把品潔當玩笑看，我連忙脫下我的外套，蓋在她頭上。老闆連忙上前詢問我需不需要幫忙，還端了溫開水過來，但我現在需要的是一個可以安全送她回家的人，她醉成這樣，我根本扛不動，只能打給藍一銘，他剛好人在附近，會用最快的速度趕來。

等待的期間，品潔的頭一直從外套裡露出，大聲嚷嚷著讓人聽起來會「wow」一聲的話，比如她前天跟誰上床、什麼長相的男生說的比用做的厲害，還有從哪裡可以看男人幾公分……

我尷尬得頭低到不能再低，小聲乞求，「不要再說了，我求妳了。」但她感覺沒聽進去，笑笑地摸摸我的臉說：「欸，我是真的把妳當朋友，妳以為隨便阿貓阿狗我都會喜歡嗎？是因為我看到妳眼睛裡面有東西……」

「眼屎嗎？」

她笑笑搖頭，「是相信……」她突然又哽咽，「被妳看上的人很幸福耶……」她大哭出聲，還差點撞倒桌上的水杯盤子。我整個人手忙腳亂，根本聽不懂她在說什麼，只覺得度秒如年。藍一銘不是說很快嗎？我如坐針氈，甚至很卑鄙地想丟下藍品潔，自己走人算了。

幸好，還沒累積到那個程度時，藍一銘衝進來了，看到品潔醉倒的模樣，他並不是很意外，只是叨唸著「又來了」，接著很熟練地把品潔拉起來，一把扛上肩。我差點叫出聲音，「你這樣她會吐的。」

「愛喝就要有吐的心理準備，每天吐，她自己也習慣了吧。今天怎麼輪到妳陪她喝？」

「就剛好有約。」我沒打算解釋太多，重點是也沒什麼好解釋的，又臭又長，然後我又忍不住問，「品潔最近每天喝嗎？」

「對啊，講不聽。」

「是有發生什麼事嗎？工作？應酬？」

「空虛吧。」藍一銘聳聳肩，一臉拿這個妹妹沒辦法的表情，「走吧，我一起送妳回去。」

「我們兩個方向不一樣，你得繞很大一圈，你還是送品潔回去就好。」

「海洋要是知道妳喝了酒，而我沒送妳回去，我會被殺。」

我失笑，「那我會帶好吃的去拜你。」

「簡凌菲，妳忍心？」

「好啦，快帶她回去，她這樣很不舒服……」不管我怎麼勸，藍一銘還是一臉堅持地看著我，最後我說：「好，我到家傳訊息給海洋。」

「嗯。那我先走了，妳也早點回家。」

我點點頭，目送藍一銘把親妹妹扛離店裡。看著品潔的身影，我覺得生活真的好不容易，女人到底要讓自己活成什麼樣子？總是要費盡力氣，才能往前走一點點。

我回過神，趕緊去櫃檯結帳，為剛剛在店裡引起的喧譁向老闆道歉，他表示不介意，這間小店什麼事情都遇過，品潔根本稱不上失態，總之，我多付了一點小費才敢心安理得地離開。

走出居酒屋，一陣涼爽的微風吹來，我抬頭看著上弦月，發現自己不知道有多久沒有好好看看夜空。我緊盯著黑夜許久、許久，回神後看了一下手機，居然已經十二點多，跟品潔到居酒屋時明明才九點不到，怎麼時間這麼不等我？雖然我沒喝多，但碰了酒就不能開車。

這時眼前剛好有一輛計程車駛來，我連忙招手，車子在我面前停下，但就在我伸手開車門時，另一隻手同時伸過來和我爭奪，我錯愕地回頭看去，就見方亦川臭著臉看我，「車我先攔的，妳有沒有禮貌？」

「明明是我先招手的，誰知道你什麼時候在這裡的，我根本沒看到，憑什麼說是你先來？」

「在妳望天感嘆的時候，我就站在這裡了，自己沒注意，還搶別人車？請妳放手，不要當個野蠻人，簡小姐。」他語氣有夠囂張，我平常根本不是會跟人家爭搶的個性，幫他付車錢都可以，但他這種眼神、這種態度，我就是不想讓。

「車子是停在我面前的。」我說。

他翻了白眼，「也在我面前啊，妳自作多情？」

我們兩人僵持不下之際，突然一名酒氣沖天的壯漢撞開我們兩個，喃喃地邊上車邊說：「吵死了，不坐，我來坐……」我跟方亦川都還沒有反應過來，計程車已經開走了。

那個壯漢就是漁翁。

我跟方亦川失利，他憤怒地盯著我看，我也回以顏色，現在可不是在單位，我不用拿出為民服務的精神妥協。他冷冷地對我說一句，「沒水準。」

「喔，方副理最有水準了，最高級最高尚最厲害了，尤其最會用鼻孔看人。」我微笑回應，要尖酸刻薄我也是不會輸，只是我的善良往往占上風，壓抑個性中的劣根性。

「難道妳值得讓我用正眼看嗎？」他說完就用眼神在我全身上下打量了一番，我感到十分不舒服，忍不住嗆他，「看什麼看？」

「怎麼？不自在？剛才妳跟妳朋友不也像在菜市場買豬肉，對著我品頭論足嗎？」

「她喝醉了，沒有惡意。」

「什麼事都用喝醉來解釋就可以了？酒品也是品性的一種，看來妳們都不怎麼樣。」

我第一次遇到人家講話這麼狠的，「說話有必要這麼難聽嗎？」

他微笑搖頭，「跟別人是沒必要，但跟妳……就這樣囉，人必自重而後人重之，是說貴圈真亂，一下小三？一下正宮？一下朋友？還能一起喝酒？然後談論男人？也難怪妳無心工作，公家單位都妳這種咖，社會才不會進步。」

我憤怒地看著他，「你懂什麼？憑什麼對我們之間的事說三道四？羞辱人就是你的品格嗎？如果剛剛品潔說了什麼，讓你這位男性覺得不被尊重，我願意道歉，但你聽了我們的對話，就隨意批判我們，這難道就是對的？」

「我只不過是跟妳們做了一樣的事，妳覺得是對還是錯？妳說我批判妳，不好意思，我還真沒有那麼閒，大多數人根本不值得我浪費一點口水。」

「那你還站在這裡幹嘛？」說了那麼多，還說不想浪費口水？「等我遞麥克風給你是嗎？」

他朝我冷笑一聲，轉身離開。

雖然我手上沒有刀，但我還有更狠的，為了替自己爭那一口氣，我很失格地朝他背影說了一句，「大聖人有空檢討別人，希望你回去也好好審視自己是怎麼對待弟弟的。」

眼前的人停住腳步，轉頭看向我，像要殺了我一樣，「妳懂什麼？」

「那你是又懂我什麼？」

「妳最好閉嘴。」

「你才最好不要一副受害者的姿態，好像全世界都對不起你，回家枕頭墊高一點，想想自己就沒有對不起過別人嗎？」我反嗆他。

雖然心裡有點害怕，但還是鼓起勇氣和他對視，不知道互瞪了多久，他最後選擇轉身離去，我則是在他走遠後才重重地吁了口氣，然後也有些後悔，為什麼要打這種無謂的口水戰呢？

真是沒意思。

今天的簡凌菲連我自己都感到厭惡，我帶著對自己的噁心感搭車回家，聖勇還是沒有回來，訊息一樣未讀，但我沒有忘記要給海洋發個平安的訊息，傳完之後，我整個人癱在沙發上。

眼淚默默地自眼角滑落。

我沒有擦，讓它慢慢地流，像是替今天收個尾。

微光

有時候最讓人難受的，不是爭執，
而是吵完之後，還要自己收拾那些沒人看見的崩潰。

Chapter 6

只想日子過得像水一樣乾淨，
可總有人把我推進泥裡，
然後問我怎麼那麼髒。

工作，大概就是用來提醒自己沒有資格難過太久的理由，還有信用卡帳單要付，還有房租得繳，還有家用要給，還要吃喝拉撒睡地活下去，不管心情好不好，我都需要賺錢。

即便心情悶得跟一坨屎一樣臭，還是得坐在我的位置，看著方亦川寄來的異議申請寫著：「本案條件設計過於限制競爭，疑似為特定廠商量身訂作，請貴單位調整規格。」甚至不只一封。

方亦川做了萬全準備，還附上歷年的得標紀錄，哪些廠商得標幾次、標案規格演變等等都詳細列出，有如在跟我撂話：「欸，看我資料寫得這麼齊全，就是在說你們這個公家單位圖利廠商，要是這樣還看不出來，老子就去政風室申訴檢舉投訴，大家日子都不要過了。」

我這種小人物管不了這類大事，所以我把方亦川寄來的資料全部轉寄給主任，看他有沒有要處理，還是打算讓我用一句「經審查，招標條件符合實際需要，無須更正」隨便打發方亦川，無論什麼決定，主任說了算，他是老大。

突然間，我覺得不太對勁，好像少了一件事。

我整理文件後一想，看向我的旁邊，方博昱的位置居然是空的，但他包包在座位上，人是跑去哪裡了？從我早上進來到現在，就沒看到他人，還有些工作流程得帶他熟悉。

我才想開口問曉真，就看到方博昱急匆匆地回來，把袋子裡的飲料一杯杯拿出來放在所有人的位置上，並將最後一杯飲料遞給我，「學姊，不好意思，我不知道妳喜歡喝什麼，所以選了鮮奶茶。」

我沒接過飲料，只是不能理解地抬頭看他，提醒一句根本不需要提醒的話，「現在是上班時間。」他尷尬地點點頭表示知道，我又問了一次，「那是誰說可以出去買飲料的？」

這時吳大姊出聲了，「附近新開的飲料店買五送一啊，大家想喝，就請博昱幫忙買，他又沒有出去很久，沒關係啦。」

我看著大家邊喝飲料邊工作，彷彿都覺得叫新人去買飲料是件理所當然的事。

我再看看方博昱，他一臉抱歉地對我說：「我有盡量趕回來了，應該沒有拖到太久。」

我沒有理他，開始帶著他學習事務處理，我故意教得很快，直到他受不了地說：「不好意思，學姊，可以慢一點嗎？」

「你買飲料花了半小時，得把進度趕回來。」

「對不起。」

「這句話跟你自己說。」

「我媽從以前就教我，大家要好來好去，所以我想說……」他試圖解釋。

但我根本不想聽，我不是公私不分的人，更不會因為看方亦川不爽就故意針對方博昱，我只是不想讓任何人拖延到我的工作，所以我告訴方博昱，「等你可以自己獨立上手了，你愛幫誰幹嘛就幫誰幹嘛，但這星期你還是我帶的新人，就請按照我的進度表。」

「我知道了。」他說。

接著，我繼續跟他講解工作內容，時間一下就過了，很快來到中午休息時間，我沒有胃口，到頂樓去喘口氣，打給聖勇，仍是無人接聽，我很不爭氣地傳了一則則文情並茂的訊息給他，表示自己不應該不支持他，不應該否定他的努力，傳到後面，我都不知道自己在講什麼……最後又把傳出去的話，一句句收回來。

向他道歉讓我更討厭自己，我知道他很努力，我也是啊，可為什麼這麼努力付出的我，要在這裡獨自痛苦，我該做的不都也做了嗎？

我的愛情讓我深感無助，我很想哭，但我不能哭，因為我還在工作，我不能雙眼紅腫地下樓，讓別人談論我的異樣，我只能把眼淚往心裡吞，然後說服自己，一切都會沒事的。

沒想到回到辦公室的時候，我居然看到方博昱的小學妹貝貝正開心地跟幾個同事聊天吃東西，貝貝當沒看到我一樣，畢竟那天在她家豪宅裡，我們也不是相處得多愉快，可以理解她對我的反應。我看向方博昱，他坐在自己的位置上，一臉頭痛的樣子，見我出現，他更是緊張到不知所措。那瞬間我覺得自己彷彿是個拿了藤條要來打人的老師。

可是我才懶得管，休息時間還沒結束，我也只是想下樓趴一會，但辦公室裡的氣氛實在太歡樂了，我就算趴著，耳邊也全是他們的說笑聲，長得可愛漂亮就是有用，貝貝嘴又甜，哄得大家開心死了。

上班鐘響，我坐起身工作，但貝貝像是還沒打算走，方博昱連忙對我說一聲，「學姊不好意思，等我一下。」然後他就催著貝貝離開，「欸，我們上班時間已經開始了，妳快點離開。」

貝貝撒嬌說道：「大家都還在吃，再五分鐘啦。」

「妳不要鬧了，快走。」

貝貝討價還價，「那你晚上陪我吃飯。」

「我晚上有事。」

「什麼事？」

方博昱聲音漸冷，我覺得他快爆炸了，「沒必要告訴妳吧。」

貝貝也負氣地說：「你不答應，那我不走。」

兩人爭執起來，其他同事幫貝貝出聲，吳大姊勸著，「博昱不要這樣嘛，女朋友對你這麼好，還特地帶那麼多東西來請我們一起吃，口氣好一點啦。」

方博昱澄清，「她不是我女朋友。」

「不是女朋友還對你這麼好，長的帥就是爽！」林家豪也在旁邊附和。

方博昱無奈地拉走貝貝，「妳快走，不要打擾我們上班，我再說最後一次！」貝貝和方博昱四目相對，彼此都在挑戰對方的忍耐極限。

我忍不住開口，「方博昱，這份文件去幫我印十份。」

方博昱接過我手上的文件，走向影印室，貝貝則是不爽地看了我一眼，我視若無睹地坐回我的位置，貝貝似乎也放棄了，對著大家道再見，最後故意喊了我一句，「凌菲老師再見。」

我回頭看她，她笑笑地朝我揮手後離開。

吳大姊好奇問我，「她為什麼叫妳凌菲老師？」

「可能希望我體罰她吧。」我懶得管他們有什麼反應，想拿我去豪宅上瑜伽課的事來威脅我嗎？想太多，錢我早退了，我根本就稱不上什麼老師，還在那裡給我假鬼假怪，才幾歲，心眼這麼多？

方博昱把印好的文件拿回來，我繼續教他工作內容，這時聽聞主任外出開會回來，我趁著方博昱練習獨立作業的時候，去了主任辦公室一趟。

我一進辦公室就問：「主任，我早上轉發給你的信件，不知道你看到沒有？」

主任從電腦螢幕後方探出頭來回應我，「看了。」

「該怎麼回應？需要改內容嗎？」

主任露出非常不以為然的表情，「有什麼好改的？要是以後每個廠商都用這招，我們還需要設立什麼招標條件嗎？所有阿貓阿狗都能來標？工程問題誰負責？不用管他，反正也快結標了，他要嘛好好準備來投標，要嘛就放棄，那是他們公司自己的事。」

我點了點頭，凡事點到為止，我不相信主任看不出附件裡那堆資料代表一件事，就是方亦川很明白地說了「老子要查你們」，但看主任老神在在，那就沒有我的事了，反正跟我又沒關係。

我離開主任辦公室，回到座位上繼續工作，轉頭看著方博昱，又想到昨天對方亦川撂的狠話，其實有點想問他們兄弟感情為什麼這麼僵，我兀自猶豫不決時，突然方博昱的手機震動，他正好抬頭看我一眼，我像被抓包一樣，尷尬地別過頭去，幸好方博昱並沒有發現我在看他，只是小聲問我，「學姊，我阿姨打來的，我可以接一下嗎？」我裝沒事地點點頭。

接著斷斷續續聽到，「現在狀況怎樣？」「醫生怎麼說？」「好，我晚上下班就過去。」寥寥幾句話卻讓人覺得心情鬱悶。方博昱掛掉電話，只頓了一下，便開始詢問我關於工作上的問題，彷彿受那通電話影響的只有我。

我想起方亦川對方博昱說過的那些絕情的話，不免有些同情方博昱，同時間昨天因為太生氣而罵方亦川的自我檢討情緒也隨之湧現，不知頭尾的我，雖然覺得方亦川對自己弟弟的態度不是很好，我也很討厭他這個人，可是就這樣指責他是不對的……

我只能盡力關心一下方博昱，「你還好嗎？」

他愣了一下，「很好啊，妳講解得很仔細。」

「我是說剛剛那通電話。」

他恍然大悟地點點頭，「喔，沒事，很好，我媽醒了。」

「她怎麼了？」

「前陣子昏倒中風，本來病危，後來轉到加護病房住了一個月，今天才醒。」

「醒了是好事。」

「但她還是不能說話，還需要復健，但復健會不會好也不知道。」

我點點頭，把話題停在這裡，因為我沒辦法安慰更多，有時候安慰的話聽起來就像在騙人。

熬過了工作時間，我打了下班卡，一走出辦公室，看到貝貝又等在門口，兩人對視時，她有些挑釁地看著我，我懶得理她，也決定不告訴她，方博昱早就離開了，我知道他是壓抑了多少情緒才有辦法坐在那張辦公椅上。

畢竟媽媽醒來是何等大事，新人剛到職，不敢自己提請假，我就讓他去出個公差，然後直接下班，做自己要做的事。

希望小學妹討好的那些同事會好心提醒她。

我來到美蘭寓所教課，讓這裡的婆媽阿姨再給我注入一點能量，證明我其實沒有那麼廢，但開車回家的時候，我心裡還是空盪盪的，聖勇依然沒有任何消息，這是他第一次失聯這麼久。

回到家已經晚上九點多，我停好車準備上樓，突然發現方亦川居然站在我租屋處的大樓門外，我有些錯愕，就在他要回頭時，我反應快捷地躲到一旁的柱子後面，雖然我不知道為什麼我要躲。

但我得先知道他為什麼在這裡？

他是來找我的嗎？但他怎麼知道我家？他來找我做什麼？逼問我標案的事嗎？不可能吧！有至於到這種程度？還是他懷疑我什麼？還是他對昨晚的事心生不滿要來報復？說真的，他出現在這裡實在是很莫名其妙啊！根本沒道理。

我偷偷瞄他，像ＦＢＩ一樣。

他身子靠在牆邊，滑著手機，眉頭深鎖，很認真地打字，像在聯絡什麼重要的事一樣。

我拿出我的手機，等著email通知或訊息通知響起，我覺得他極有可能是因為收到了我依照主任意思所做的回應，心生不爽，所以需要找個窗口發洩。

果不其然，我的手機響了，音量之大，嚇得我趕快接起，但是鈴聲已經讓方亦川發現我，再加上我手忙腳亂的，看起來實在很像一隻無助的八爪章魚終於找到自己要用的那一隻手。我很糗地接起電話，小聲「喂」了一聲，是我大嫂打來的。

她客氣的聲音在我耳邊響著，「凌菲啊，妳什麼時候有空回來整理一下房間？妳上次也答應房間要讓給悠悠了……」

我深吸口氣回應，「我會找時間回去整理我的東西，但其實現在房間裡面的物品大多也不是我的，我還看到好幾個行李箱，應該是妳的吧？」

她馬上推託，「我的才一個，其他都凌安的吧？還有那些小朋友玩具的空盒，都是爸爸買給圓圓滿滿沒丟的。」

「所以，應該不是只叫我回去整理，而是大家都要整理吧？」我說完，就聽到大嫂尷尬地笑了兩聲，「那我自己看著辦囉！」大嫂說完掛了電話，而我收好手機，一抬頭，正好跟方亦川四目相接。

他一臉也很意外我出現在這裡，既然覺得意外，那就是碰巧囉？所以他不是來等我的，那他是來幹嘛的？我們就這樣莫名對峙了半晌，他直接轉頭就走，還是不懂他為何會出現在這裡的我，腦海倏地閃過方博昱說他媽媽醒來的事，就是這麼突然，接著我也不知道是被什麼附身，忍不住喊住他，還是超沒有禮貌的那種，「喂！」

方亦川停步，回頭看著我，一臉等我說話，但其實我什麼都不想說，我只是剛剛某種同理心病發，怕他不知道他媽醒來，可是又猛然一想，他想知道嗎？他不是說只出錢，什麼都不想管？所以我是要跟他說什麼呢？

「幹嘛？」他先問出口。

「你跟蹤我嗎？」好喔，我何只不知道要說什麼，現在還隨便栽贓別人了。

「有病。」

「對，我有病啦，然後你弟晚上去看你媽。」我還是說了。

他愣了一下，「關妳什麼事？」

雖然是我熱臉去貼他的冷屁股，但被這樣回應還是心情超不爽，什麼正念什麼樂觀、什麼不要拿別人的情緒來懲罰自己，那些正能量的念頭全部被他驅散，我一個跨步站到他面前嗆聲，「對，不關我的事，我也覺得我為什麼要雞婆講這些事，但偏偏你弟就是我帶的新人，我就是剛好聽到了，你以為我想聽嗎？我多希望我什麼都不知道都不要管，你一定覺得我是神經病，對，我是可以了嗎？我就是他媽的神經病，不用你看我不爽，我也看自己超不順眼，你肯定覺得我就是那種只會公事公辦推卸責任的死公務員，肯定也覺得像我這種當過人家小三的不是什麼好女人，對！沒錯！你想的都沒錯！但不代表你可以對我態度這麼差耶，我有欠你嗎？好，算有，畢竟我昨天對你有些沒禮貌，但人不是要互相嗎？你先尊重我，我也會尊重你啊！」

方亦川被我吼到整張臉都歪掉，他嚇到了，我也被我自己嚇到了，我好久沒有這麼大聲說話，我從來沒有這樣發過一次瘋，但怎麼那麼爽？

我笑了出來，還笑到眼淚掉了出來，方亦川一臉我瘋了的樣子。

下一秒，我手機又響了，是我媽打來的，我本來沒打算接，但我媽似乎也沒打算掛，最後我只好接起來，都還沒出聲，就聽到我媽比機械鍵盤還迅速的噠噠噠叨唸聲，「我真的快被妳大嫂氣死，突然說要裝潢妳那間房間，是有這麼著急嗎？然後妳妹兩夫妻又吵架，現在她把小孩帶回家裡，說要住一陣子，我快被吵死了，叫妳爸勸勸她，妳爸又寵著妳妹，說她是大人了，她可以自己決定，決定什麼？還不是我這條老命要幫忙照顧，我從以前照顧你們三兄妹到現在，我都幾歲了，還要被孫子拖掉最後的老命嗎？還有妳爸，叫他吃藥都不肯，說什麼血壓有穩定就好了，不用天天吃，現在這個家都沒有我說話的餘地了……」

我媽說了這麼長一串，方亦川也聽到了，因為我接起來的時候，不小心按到擴音。我擦掉笑哭的眼淚，看向方亦川，他可能看我精神不正常，連忙別過頭，假裝什麼都沒有聽到地快步離開。

我就這樣拿著手機，等我媽抱怨完掛掉，我才走進大樓，我不想把煩人的事帶回家裡，因為那個屋子裡，我跟聖勇的事已經夠讓我煩了。

接下來的三天，聖勇就像人間蒸發一樣，平常我就沒有在過問他的公事，和他的同事頂多只是見過面，跟大老闆也只吃過幾次飯，稱不上熟，更不可能有聯絡電話，最後我傳給聖勇的訊息是，「如果你想分手，請告訴我一聲。」

但一樣，他沒有讀沒有回。

而我白天依舊盡力工作，看著貝貝每天中午來辦公室收買人心，和大家混熟。大家時不時勸方博昱要珍惜貝貝這麼好的女孩子，方博昱一再表示自己對貝貝沒感覺，但拿人手短，大家接受了貝貝不少好處，就很努力幫她說話。對於這種狀況，我也無能為力，只能祝福。

晚上則是回我爸媽家，幫忙煮飯帶孩子，問我妹跟妹夫在吵什麼，她說很嚴重叫我不要多問，但我妹夫告訴我的是，因為他把自己的Netflix帳號分享給家人共用，每個月要多繳一百多塊，我妹覺得妹夫不夠尊重她，一氣之下離家出走。

於是我把我妹叫到廚房，劈頭就對她說，「妳明天就回去。」

她不平地問，「為什麼？」

「妳把小孩子帶回來，自己又不照顧，還要爸媽幫妳帶，妳以為他們很年輕嗎？而且是為了一個平台帳戶吵到回娘家，不覺得自己很扯？」

「何以傑跟妳抱怨了？」

「妳一直叫媽不要問，媽當然覺得很嚴重，只好叫我問妳老公啊！但我還沒有把這麼荒唐的理由跟媽說，妳最好快點把圓圓滿滿帶回去。」

「什麼荒唐的理由？那帳號是我創的耶！憑什麼他可以隨便給他爸媽家人看？至少也要先問過我吧？這次不問，那以後是不是什麼事都不會問了？」

「可以好好談，沒必要就這樣跑回娘家吧？」

「我就是不高興，為什麼不能回娘家？」

「那妳小孩自己顧啊，還要媽煮飯給妳吃，有沒有搞錯啊？」

「媽自己要煮的，我說可以叫外送。」

「對，叫外送，還讓爸去給妳拿、幫妳付錢，簡凌安，妳三十五了！不是十五，還有兩個小孩，到底還要像個小孩耍賴到什麼時候？」

我妹把吃到一半的蘋果往旁邊一放，生氣地說：「妳是我姊，不幫我說話就算了，還對我凶什麼意思？」

「因為妳回家搞得亂七八糟，媽心情不好就唸給我聽，妳以為我是回來幫妳帶小孩的嗎？我是回來幫爸媽的，他們為什麼要這麼辛苦？問妳啊！」

我妹惱羞成怒地哽咽起來，指著我罵，「對啦，都是我害的，妳最厲害，妳最強，妳最不用人家擔心。妳沒結婚懂個屁！妳是知道我在婚姻裡的委屈嗎？我照顧小孩也很累啊，家不是避風港嗎？我就不能回家休息一下嗎？不是每個人都跟妳一樣堅強，什麼都會，我就是很爛的媽媽，這樣可以嗎？」

我妹哭了出來，其他人聽到我們的爭執，也都聚集在廚房裡，我爸一看到我妹在哭，就忍不住唸我，「姊妹倆又在吵什麼？幹嘛把妳妹罵哭呢？」我爸摟著我妹安慰，我則是一如以往不解釋，重點是根本懶得多說。

我媽撫著太陽穴，「能不能給我一天清靜的日子過？到底有什麼好吵的？」這時雙胞胎看到媽媽在哭，也跟著哭了，瞬間屋裡亂成一團。我一句話都不想說，脫下圍裙，拿了包包就說：「我先回去了，明天還要上班。」

一走出家門口，我就喘了好大一口氣，氣都還沒緩過來，我哥不知什麼時候跟了出來，喊住了我，「凌菲！」

我回頭看他，「幹嘛？我什麼都不想說。」

「沒有啦，是別的事。」

「什麼事？」

「妳那邊有沒有五十萬先借我？」

「要幹嘛？」

「妳大嫂就要裝潢房間啊。」

「你沒錢嗎？」

「我錢都被妳大嫂管得死死的，妳也知道。」

「我當然知道，你前前後後跟我借了四十萬也沒有還啊，都用在滿足你老婆的願望，出國啦，買名牌包啦，各種享受，欸，簡凌誠，媽這麼疼你，她生日的時候你請吃飯，還要除以三跟我和簡凌安要，你有送過她半個包嗎？」

我哥抓了抓臉，看起來是有些不好意思，但我知道那只是看起來，因為他一樣對我說，

「好啦，拜託啦，最後一次，之後應該沒有什麼要花的。」

「那你欠我的錢的，不打算還嗎？」

「還啊，等我過陣子調薪了，先不跟妳大嫂說，每個月多少還妳一點。」

我聽了實在頭很痛，很生氣地對簡凌誠說：「你知道我為什麼要借你錢嗎？是因為我不借你，你就去跟媽哭窮，媽有什麼錢？她的私房錢也都被你挖光了，我是捨不得看媽擔心才借你，你明明錢都在老婆那裡，還要花家裡的錢，你是有什麼毛病嗎？」

我哥也是惱羞成怒，「好啦，不借就不借，不要跟我大小聲啦。」他撂下這句話之後，轉身走回屋裡，我站在街上，真不知道我這大半輩子都在辛苦什麼、努力什麼……

才剛往前走沒兩步，我又接到我媽打來的電話，「妳在哪裡？妳爸爸跌倒了！」

我二話不說就衝回家。

一陣混亂之後，我已經在醫院了，正在辦理相關的住院流程。我爸為了哄孫子安靜，趕著要去拿玩具逗他們，沒想到踩到玩具，整個人滑倒在地，跌倒時，他用手撐地，結果手腕腫起來，X光照出骨頭有點移位，醫生建議開刀固定，不是大手術，不過也得住院幾天才能回家休養。

我爸這一跌倒，我妹就帶著兒子回家了，什麼Netflix帳戶、什麼婚姻裡的原則還重要嗎？她說為了讓我爸專心養病，願意放下自尊先回婆家。我媽氣得全身發抖，不知道在氣誰，可能是我妹、是我爸，但最氣的可能是我，如果我不跟我妹吵架，圓圓滿滿就不會哭，我爸就不會為了哄孫子不小心滑倒，一切都是我的問題。

而我爸還有個兒子，但我媽說他明天要上班，還要顧小孩，來醫院都是細菌，不要折騰他；至於媳婦，那是別人家的女兒，怎麼好意思要她來照顧公公。於是奔走的人還是我，我哥嬌貴，我這個二女兒放養都會長大，細菌再多有什麼好怕的。

我經過另一頭的急診室時，看到一個褲子破掉、沒穿拖鞋的老婆婆，整個人像是時空錯置似地呆坐在邊緣的急診床上，她的眼神充滿好奇，一臉不明白自己為什麼會在這裡。我還想多看一眼時，居然看到主任衝到病床前，拉著那個老婆婆著急地仔細盯量，說著一口臺語，「阿母，妳是為什麼亂跑？不是說好要休息了？」接著朝旁邊的看護發火，「妳到底是怎麼顧人的？我花錢請妳二十四小時，妳把我媽照顧成這樣？這次沒事，還好有找到人，出事了妳賠我嗎？」

看護不停道歉，我看著主任輕擁著母親，很孝順的模樣，是有稍微不討厭他一點點，接著又看到他接起手機，好聲好氣地跟對方說：「小珍啊，妳想參加就去，爸爸再匯錢給妳，在國外念書，三餐一定要吃飽，不要省吃飯錢，知道嗎？」

好吧，人生各有各的苦，主任從來不說他的私事，我們下班也很少聚餐，我不知道他有個失智的老母親，也不知道他女兒在國外念書，唯一有聽說的是他在好幾年前離婚了，樓下同事幫他辦的手續，大概能理解他為什麼跟議員那麼好，因為有人脈才有錢。

在主任看到我之前，我先轉身走人，在這種地方打招呼，也不是什麼好事。

替我爸辦好手續後，我回到病房，我爸已經睡著，我媽則是一臉不舒服地坐在陪病床上，好像全世界都欠她債一樣。我深吸了一口氣，「妳回去休息，我先照顧爸爸，妳明天早上再來接我的班就好。」

我媽沒看我，默默地抹掉眼角的淚，「累，真的好累，沒一個讓人省心的，你們都一樣，來討債的。」

「我叫簡凌誠來接妳。」

「不用了，我看我進門之前還得全身消毒，免得妳大嫂嫌棄。」

「媽，對不起。」我說。

她這才看我一眼，重重一嘆後準備起身離去，「我看這兩天也只有妳能跟我一起照顧妳爸了，妳哥跟妳妹都有家庭，妳單身沒什麼負累，就不要再去跟哥哥妹妹計較了。我搭計程車回去就好。」

我媽的背影消失在病房門口。

這世界告訴我，單身有罪，單身的人沒有任何理由可以覺得累，為什麼對單身者這麼不友善呢？我也不想單身，我也想要有人愛，有穩定的感情，甚至有可以結婚相伴的對象，可我就很難啊！我沒有在每段感情裡用力付出嗎？結果還是這麼不盡人意，我的錯嗎？

本來想在我媽離去之前問她，「所以如果我不想照顧爸爸，馬上去結婚就可以了對嗎？這樣一來我也有家庭，我也有負累，我可以有理由不孝順，甚至不照顧你們了嗎？」

合理嗎？我真的想了整晚，卻都沒辦法說服自己相信這樣的邏輯是對的，可我媽說得冠冕堂皇，這些事就是得落到她口中「單身」的人身上。我大可以桌子一翻，不接受這種不公平的待遇，偏偏我很清楚家人朋友，所有我深愛的人都是我的弱點。

他們明明也知道，卻毫不客氣地攻擊我最脆弱的地方。

說來說去，這也是我自己造成的，我太容易妥協，我捨不得看我愛的人辛苦，希望所有人快樂，這大概就是我最犯賤的地方。

這個晚上我沒有睡，用手機斷斷續續地看著電子書，但看不下去；試著打坐、冥想，卻也是思緒紛飛，很怕再多想下去，我就會淚流滿面。最後我就這樣坐在陪病床上發呆，乾脆什麼也不想。中間護理師幾次進來巡房，關心我會不會冷、好不好睡，她有枕頭可以借我，我微笑搖手拒絕，深怕發出一個聲音，就會真的哭出來。

我爸倒是睡得很熟，只醒來一次討水喝。

熬到了天亮，趁我爸還沒醒，我到醫院外面買了早餐跟一些吃的、喝的、用的，我媽很準時來接我的班，順道提醒我，下班就直接過來，她還得趕回去煮飯給我哥吃。

我很想說點什麼，最後又算了。

我根本沒時間打理自己，到辦公室刷個牙就直接上班，今天剛好又有里民建設經費協調會，光是準備開會事宜，我就快忙翻了，幸好方博昱反應快，懂得看我眼色，我們兩人合力讓將近二十人與會的會議順利落幕，當所有人都離開會議室時，我累到差點不支倒地。

「學姊還好嗎？妳臉色看起來很差。」

「沒事，快點整理完，下午還有其他人要用這間會議室。」

於是我跟方博昱迅速將會議室收拾完畢，當我打算先一步離開時，方博昱突然驚呼一聲，我好奇回頭看他，他手上拿著一個摩斯漢堡的外帶牛皮紙袋，瞪大眼睛看著裡頭。

「怎麼了？」我問。

他吞吞口水，指著牛皮紙袋裡頭，我忍不住翻了個白眼，「幹嘛啦？」

「學、學姊……妳快過來。」

我超級不耐煩，「到底是多餓，別人的早餐你也想吃嗎？」

我搶過摩斯的紙袋就要丟掉，卻發現手裡的重量不對勁，有點沉。我愣了一下，打開一看，裡面不是海洋珍珠堡，而是好幾捆千元大鈔。我瞬間心都涼了一半，馬上想起今天拿這個紙袋進來的人是阿坤里長，他說多買了一份給主任吃。

突然意識到，這或許是平常他們所謂的「金流」，會議結束時，主任著急出去講電話，這才不小心落下了。

「你在哪裡撿的？」我先問方博昱。

他指著主任坐過的位置，「那個桌子的抽屜裡。」

我很嚴肅地告誡方博昱，「這件事，你要當不知道，這個紙袋是我撿的，是我打開的，你完全沒有碰過這個紙袋，什麼事也沒有發生，明白嗎？」

「但是……」他著急地想再說些什麼，我阻止他，重複一次，「明白嗎？」

他看著我，眼神裡有好多不解，也有好多為什麼想問，但我沒打算回答，因為這也不是我能夠多說幾句的事，我很嚴肅地再問他一次，「明不明白？」

他只能點點頭，因為他似乎也發現事情恐怕有點嚴重。

我趕緊對他說：「你現在馬上出去，我來收尾。」他為難了兩秒，正要踏出去時，主任已經急急忙忙地衝進來了，看到我手上的紙袋，愣住。

此時此刻，空氣都是尖的，彷彿只要用力呼吸，就會刺穿所有人的肺部。

下一秒，主任從我手上拿走那個紙袋，「這我的早餐。」

我裝蒜，「喔，我剛整理桌子的時候，從抽屜拿出來的。」

主任看了一下紙袋開口，「有人打開嗎？」

方博昱心虛到好像當賊一樣，別過頭去，我推推他，說：「還不快點回去整理會議紀錄，下午還有一堆公文要發。」方博昱連忙要離開時，主任又問了一次，「有人打開紙袋嗎？」

方博昱身體又僵住了，我看著主任說：「我有打開。」

「只有妳？」主任看著我問，像是要看穿我一樣，我沒有被他的眼神嚇到，很冷靜地點點頭，「對，只有我。」

主任分別打量方博昱跟我一眼後，對著我說：「妳來我辦公室一趟。」接著轉身走。方博昱有些緊張地看著我，我狠狠瞪他一眼，示意他給我閉嘴，在離去前提醒他最後一次，「記得，你什麼都不知道。」

於是，我進了主任辦公室。

主任看著我，「妳有什麼要問的嗎？」

「沒有。」

「妳打算怎麼做？」主任反問我。

我突然覺得有點好笑，但我沒有笑出來，只是把問題丟還給主任，因為這本來就不是我的問題，而是主任的，「是主任打算怎麼做？」

「什麼意思？」

「主任應該懂才對，我對工作沒有什麼偉大的目標，能安穩地領一份薪水養活自己就好了，對我來說，不管再缺錢或是再有苦衷，取財也是要取之有道，有些事大家看破不說破，今天這件事我會當作沒發生，希望主任也能做到這裡就好了。」

「妳在恐嚇我？」

「我只是個小員工，怎麼恐嚇？害怕的人是我才對，我就是不想知道這些事，偏偏還讓我碰上了，我也覺得自己很倒楣，昨天我爸跌倒受傷住院的時候，我有在急診室看到主任……」

主任一臉驚愕地看著我，我低著頭說：「如果這些事爆出來，你媽媽怎麼辦？女兒怎麼辦？希望主任早點收手，到此為止就好了。」

接著我聽到他重重拍桌，可能很想殺我，但如果我這麼死了，我真的做鬼都不會放過他，因為我從頭到尾都沒有要針對他，我只想做好份內的工作，誰想多管閒事？我又不是正義女超人！到此為止也是為全辦公室的人好，標案再這樣搞下去，大家都要被拖下水。

「給我出去，但如果有什麼……不該流出去的話跑出去了，那就麻煩了。但不是對我麻煩，是對妳！懂嗎？」主任冷冷地說。

我頷首致意後就離開辦公室，其實我全身都在發抖，主任背後可是議員，得罪他們，我以後會有什麼好日子過？但偏偏就讓我碰上了，我還能怎麼辦呢？

回到位置上，我半句不吭，方博昰也不敢多問，事情倒是做得勤快，一直到打卡下班，我剛走出辦公室門口，他就在身後喊我，「學姊，主任跟妳說什麼？」

我回頭瞪他，「我怎麼跟你說的？你馬上忘記是不是？」

「我害到妳了嗎？」

「跟你有什麼關係？」

「如果我沒有撿到那個紙袋……」他說到一半，我已經開口吼他，「方博昰！我怎麼跟你說的，再給我重複一次。」

他很歉疚地說了一句對不起，「我真的很怕給妳惹麻煩。」

我才剛要開口，突然一陣昏眩，方博昱嚇得馬上扶我坐到旁邊的階梯上。我緊閉雙眼，覺得全身發冷，方博昱一直問我，「妳沒事吧？要不要去看醫生？」

「閉嘴，不要吵。」

於是我得到短暫的安靜，正當我努力好好呼吸、平復情緒，開始覺得沒那麼暈，張開眼睛的時候，眼前卻出現小學妹貝貝用受傷的眼神瞪我，我才發現，原來我旁邊靠的不是什麼矮圍牆，而是方博昱的肩膀。我連忙坐正身子，才想開口說點什麼，小學妹手上的咖啡已經朝我潑來。

我全身都是星冰樂的味道，好甜。

方博昱氣炸，站起身跟小學妹理論起來，「學姊不舒服，妳是在發什麼瘋？」

「她憑什麼靠在你肩上？你就寧願跟一個老女人混在一起，也不喜歡我？」

「我本來就不喜歡妳，跟學姊有什麼關係？妳不要太過分了，道歉！」

「我不要，她什麼東西，不要臉的臭小三！是她搶走你！你以前不會對我那麼凶！」

「妳以前也沒有那麼沒禮貌啊！」兩個人吵來吵去。

而我懶得再聽小孩子吵架，努力撐起身子，傳了訊息給我媽，告訴她，我今天沒辦法過去照顧爸爸，我得先哄好狼狽的自己，然後我的手機馬上響起，全是我媽打來的，鈴聲就像在抗議，我沒有接，我知道她要控訴她要抱怨……但今天的我沒辦法承受更多。

我直接將手機關機，往前要招計程車。

這時方博昱看到車來，衝過來幫我開門，然後扶我坐進去，「學姊，我送妳回去。」我連「不用」這兩個字都沒力氣說，他已經坐上前座，和我一起離開，計程車駛離前，我還聽到小學妹的怒吼。

愛，真是使人瘋狂。

我靠著車窗閉上眼，好好喘口氣，
哪怕只是這麼一小口，
也是我拚了命，才換來的。

Chapter 7

活著就像是在廢墟裡，
偷偷幻想過一束微弱的光。
哪怕只是一閃，
也想相信它是為我亮的。

哭也是要體力的，但我今天沒那個本錢。

我費盡千辛萬苦下車站好，抬頭就對方博昱說：「你可以回去了。」

他歉疚地打量全身髒兮兮的我，臉上寫滿了對不起，「真的很抱歉，我不知道貝貝她會……」

我很煩悶地直接打斷方博昱，「她會！」

方博昱被我的斬釘截鐵嚇到，定睛看著我，吞吞口水。我試著平復心緒，看著這隻可憐兮兮的黃金獵犬，「真的不要說你不知道，你不是第一天認識她，怎麼會不知道她是什麼個性？但不重要了，我懶得跟她計較，我可以理解她愛不到你的崩潰，可是我不會原諒她，所以你不必再替她說話，也不用再跟我道歉了，我沒怪你，但你他媽的要是再多說一句，我會掐死你，懂嗎？」

我很平靜地說完這些話，只見方博昱瑟瑟發抖著，但我真的懶得多說了，反正事情就是發生了，它不會改變，我想讓損失降到最低，不要浪費我的情緒、我的力氣，頂多就是我身上這件衣服不要了，我還有別件可以穿。

但我只有一個，要是碎掉了，就沒有了。

方博昱點點頭，終於像是能理解我處在崩潰邊緣，差一步就可能拖著他一起掉下去，粉身碎骨，他小心地問我，「需要我幫妳買點吃的還是什麼嗎？」

「不用，你只要回家就可以了，謝謝。」我說完，往租屋處大樓走去，接著出現在我眼前的，除了大門還有方亦川。

靠，我真的差點就把這個字罵出來。

我上輩子是欠這兩兄弟什麼嗎？方博昱看到自己的哥哥也在這裡，驚訝到倒抽口氣地喊出聲音，「哥？你怎麼在這裡？」

這下好了，躲都躲不掉。

我們三人同時打了照面，我的意外在上一秒結束，現在只覺得煩躁，倒是方亦川跟方博昱面面相覷，我不想管他們兄弟情不情深，我只想回家脫掉滿身的髒跟疲憊，結果聽到方亦川冷冷回應方博昱，「我來找人。」

方博昱直覺地問，「是找學姊嗎？公務上的問題？」

「不是。」方亦川回答，我聽了反倒好奇起來，那他到底為什麼會不只一次出現在這裡？我一方面覺得想不透，一方面又覺得關我屁事，沒打算多理的時候，警衛突然從管理室冒出來喊我，「簡小姐，這位先生要找張先生。」

本以為沒有我的局，結果莫名被喊住，還聽到更不可思議的話，我看向警衛指著方亦川的手，連結他剛才說的話，整個人像是被丟去平行宇宙，靈魂還回不來，出竅神遊著，是警衛走到我面前喚回我的魂，「簡小姐，妳有聽到嗎？」

我深吸口氣，回過了神，看著方亦川，不確定地再問一次，「你找張先生？」

方亦川點了點頭，「對，住在A棟七樓三的張聖勇先生。」

「你們認識？」

「不算認識。」

「那你們什麼關係？」我好奇死了，從來沒聽聖勇提過方亦川的事，而此時此刻，他卻突然找上門？

方亦川看了我一眼，也開口問，「那妳跟他又是什麼關係？」

「我是他女朋友。」我直接承認。

方亦川看了警衛一眼，警衛很識相地回到管理室，方亦川才往我走近一步，淡淡地說：「那我應該算是張先生的債主吧。」

債主？我想起聖勇被打到受傷的事，直覺反問，「你打過他？」

方亦川苦笑一聲，「看來張先生的債主不只我們公司，還有別人？不好意思，我沒有見過張先生，是他跟我們公司買了設備，但沒有按時付款，寄了幾封催款通知函，還是沒有收到款項，目前尾款還有四百多萬，我是來找他問清楚，有沒有打算好好解決。」

方亦川說的話彷彿把我推進了地獄。

有人說，當你身在地獄時，往前走過去，就可以離開地獄。

可是現在我覺得整個世界都是地獄，而且快把我給燒死了，我根本就走不了，我知道聖勇有買設備，但他並沒有跟我說還欠這麼一大筆錢。方博昱見我可能一口氣都快喘不上來，上前關心我，「學姊妳還好嗎？」

我緊咬著牙，對方亦川老實說：「聖勇已經好幾天沒回家了。」

方亦川打量著我，好像覺得我在騙他，我才剛要開口解釋，方亦川就先點了點頭，「他工作上的事，妳知道多少？」

「我很少過問。」

「所以他在外面有多少負債，妳也不清楚？」

「對。」

「你們在一起多久？」他又問了這一句，簡直是提汽油往我身上淋。

我抬頭看著方亦川，壓抑自己想呼他一巴掌的衝動，一字字回應著，「在一起兩年了，然後呢？你這種問法，好像我就應該清楚他在外面欠多少錢，你是在指控我什麼嗎？是不是想說，跟一個負債累累的人在一起，卻什麼都不知道，怎麼會有這麼無知的女人？還是你覺得我跟聖勇合謀要坑你們公司的錢，才故意不坦白？」

他愣了一下，表情平靜地看著我，「妳過度解讀了。」

「那你問我們的私事做什麼？不就代表你懷疑嗎？」

方亦川沒回應我，自己也收拾情緒後說：「我只是想找到人解決問題而已，如果他已經好幾天沒回來，那沒關係，我可以去他老家找人。」

方亦川說完就要離開，我下意識地拉住他，我可以感受到他跟方博昱有多驚訝，但我得阻止，我放下自尊，好聲好氣地對方亦川說：「拜託你不要去他老家！如果他真的在躲債，他不可能回老家的。」

「妳怎麼知道？」

「就是不可能！」聖勇所做的一切，都是為了要證明給他媽媽看，他又怎麼可能回去，讓他媽媽知道他欠債？要是讓他媽媽知道這件事，我可以想見他會有多丟臉、多恨自己。

我轉而替聖勇求情，「拜託你，我會想辦法聯絡到他，請你給我一點時間，不要去他老家，不要打擾他媽媽……」接著我靈光一閃，連忙對方亦川說：「等我五分鐘，五分鐘就好！」

我迅速衝回家，拿了之前領的十五萬放到方亦川手上，「這十五萬我先還你，聖勇一定會出面解決的，我相信他一定會出現的。」

方亦川打量了我好久，最後把十五萬交還給我，「這是公司對公司的事，我不是高利貸，妳不用求我，也不用這樣給錢，一切都是照程序走，妳公務人員難道不知道嗎？現在公司就是要處理這筆帳，我先來找他，也是希望能有轉圜的餘地，但如果他還是選擇躲避，公司法務部就會直接提起訴訟了，妳相信也沒用，他人要真的出現才行。」

「我知道！我會想辦法快點聯絡上他……對了，我問他們公司會計……」我正想打給阿梅姊，方亦川直接斷了我的希望，「妳覺得我沒有找過嗎？會計說張先生也已經很多天沒有去公司了，也沒去工地。」

我想了想，「還是我先報警？他真的好多天沒有跟我聯絡了，連訊息也不看，他以前沒有這樣過，我怕他會不會想不開就……」我愈想愈有可能，整個人急壞了，「這附近有警局，我現在就去報警！」

結果我才剛踏出第一步，沒有注意到地面的高低差，整個人摔跌在地上，痛得站不起身，試圖站起來時，被方亦川制止，「停！妳先不要動，妳腳可能扭傷了。」方亦川從口袋裡掏出車鑰匙，丟給方博昱，「你去開車，我車停在前面而已，白色的休旅車，車牌〇三二七。」

方博昱超聽哥哥的話，回過神連忙跑去開車，方亦川將我背了起來，也往停車的方向去，但我想拒絕，太丟人了，太痛苦了，太狼狽了，我現在需要的不是去骨科，是找個洞把自己埋起來，我推著方亦川的背，「放我下來。」

方亦川停步，「有本事就自己下來，只要有本事站好，我不攔。」

被他一激，我也想試著靠自己站穩，但全身都好痛，腳也根本沒有力氣，最後只能乖乖待在他的背上。他嘲諷地笑了笑，「還要下來嗎？」我沒有說話，他又補了一句，「自不量力。」

我很生氣地朝他的背一打，他痛到轉頭瞪我，「妳真的有病！」

「對，所以不要一直惹我，我尊重你是聖勇的債主，不代表你可以數落我。」

「真是偉大的愛情喔……」他接著冷笑兩聲，「勸妳不要那麼傻，人都跑不見了，妳還在那邊相信他會出現，相信他不是這種人，信個鬼啊？」

「我是相信我自己的相信。」

「不，妳是不相信自己的愚蠢，才說服自己要去相信。這世界上沒有誰值得相信，什麼親人朋友都一樣，顧好自己才實在。」

我當然知道方亦川要說什麼，但是我不同意，我當然知道人要把自己擺在第一位，現實考量永遠都要以自己為優先，但我就是做不到，我也不想變成那樣。我半是負氣半是發自內心地說道：「如果連相信這麼基本的價值都要被當成笑話，那我寧可當個傻子，你繼續笑吧，笑死你。」

方亦川淡淡地回應我，「妳已經是了，不用再自我介紹。」

我沒有再多說，反正也只是被吐槽，我心裡有我想守護的原則，即便看在別人眼裡，這樣的念頭很廉價，但這就是我活著的方式，有些價值，不需要解釋，也不值得爭辯，我只是靜靜守著它，像守護一盞搖晃的燈，哪怕再微弱，也是我人生的一道光，照亮我不想遺忘的那一塊地方。

到了骨科，我坐上輪椅，由方亦川推著走，方博昱幫我填資料什麼的，像極了昨天晚上我在醫院的樣子，最後診斷出來的結果是，韌帶撕裂傷，還好沒有斷，不用開刀，但走路只能暫時先靠拐杖，護踝一定要戴好，最少兩週不能跑跳。

真的是謝囉，這下連美蘭寓所的課也要暫停了。

折騰一晚後，我得到一隻跛著的腳，還有一個全新的漂亮護具，跟一根好看的拐杖，方氏兄弟還一起送我回家，車上，他們兄弟之間瀰漫著一股詭譎的氣氛，從過去的經驗，我知道他們兄弟感情不睦，方亦川對他們家似乎有許多不滿，但這也僅是我的猜測，事實為何、背後有什麼原因，我不知道，我只知道平靜下來的凝滯空氣讓人難受，後座的我如坐針氈。

第一次覺得我家真遠，好像在世界的另一端。

快到我家時，方博昱突然吐了一句，「媽已經轉到普通病房了，但她還是沒辦法說話。」

「我知道。」方亦川回答。

方博昱錯愕，「你去看媽了？」

「你雞婆的前輩說的。」方亦川說我雞婆，方博昱看向我，我真恨不得時間倒轉，離這兩兄弟愈遠愈好。

幸好，我家終於到了，我可以下車了，他們兄弟的事自己去解決，我能呼吸新鮮空氣就夠了。方博昱本來還提議要送我上樓，但我實在不想跟他們兄弟再多相處一秒，只求他們給我一個清靜。

最後方亦川向我保證會再給聖勇十天時間，如果這十天他都沒有出面，就會讓公司提告處理，最後我還是向他說了聲謝謝，他似乎也沒有想像的不近人情。

我拄著拐杖回到家後，第一件事就是開機，瘋狂地打電話給聖勇，打到最後手機快沒電，只能不停地安撫我自己，聖勇就算沒接電話也不會做傻事的……

他不會、他絕對不會的……

這樣反覆說服自己之後，我才緩緩在沙發上睡著，原以為累到快翻倒的我，會不小心睡過頭，沒想到我早上不到七點就醒了過來，還有力氣替自己梳洗一番，好好換上一套乾淨的衣服，準備去上班。

這幾天沒辦法開車，只能暫時搭計程車，我在車上傳訊息給海洋，淡淡帶過腳傷的原因，說明不能到美蘭寓所上課。海洋堅持晚上要來看我，但我拒絕了，我怕我會露餡，畢竟她很容易看出我的破綻，我只好說我要回我媽家。

我手機裡還有好幾通家裡打來的電話，以及我媽我哥我妹在群組大發飆責怪我不負責任，說不去醫院就不去，在那個群組裡，我不像家人，比較像罪人，我只能選擇不再多看一秒，怕自己太委屈。

到了單位門口，一下車就遇到恰巧同時到班的方博昱，他看到是我，馬上過來攙扶，我推開他的手，「我沒有那麼嬌弱。」

「真的沒事嗎？」

「還在呼吸，為什麼覺得我會有事？」

「不只是腳的事，還有妳男朋友……」方博昱愈說愈小聲，但我還是聽得很清楚，我抬頭看他，很平靜地回了一句，「那都不關你的事，工作。」

「但還是要謝謝學姊，跟我哥說了我媽的事。」

「閉嘴。」我很想跟方博昱說，是我那時卡到陰，但我實在懶得再多說什麼了。他笑笑閉嘴，我們一起走進辦公室後，例行性地跟幾個別處室的同事擦肩而過打打招呼，但不知道怎麼回事，總感覺跟平常不太一樣，他們有些人皮笑肉不笑，有些人輕輕點完頭後就交頭接耳竊竊私語，有些人則是不怎麼理會我，我覺得有些莫名其妙，發生什麼事了嗎？

但我沒多想，和方博昱一起走進辦公室，就見吳大姊林家豪還有曉真本來嘰嘰喳喳地熱烈談話，一看到我來馬上安靜。我不是十五歲，這把戲我怎麼會不懂，大概是在講我的壞話吧，但我不知道我有什麼好讓他們講的，我的事他們一件也不知道，即便我跟吳大姊同事十年，她頂多也只知道我家庭健全而已，其他的事，我從來沒有主動談過。

在職場愈久，就愈覺得決定不跟同事當朋友的自己簡直是先知。

我走到位置上，把拐杖放到旁邊，試著拉椅子坐下，但顯然有些勉強，拐杖掉了，我也差點跌倒，方博昱快手拉住我這個中年婦女，扶我坐到椅子上，然後我聽到很大一聲冷哼。

我轉過頭，只見吳大姊冷冷地看著我，好像我做了什麼不要臉的事一樣。我被看到有些不高興，原本我都可以冷靜以對，甚至打算不要面對，但我最近情緒已經厭世到了我快無法控制自己，不想再忍受這些陰陽怪氣的程度。

我直接問吳大姊，「我怎麼了嗎？」

那三人本來還聚在一起，一聽到我的問話，又各自回到座位，沒打算說的樣子，但我既然已經開口，就表示我想搞清楚，他們絕對有權利對我不爽，但我得要知道為什麼，所以我再問一次，「為什麼不說？」

曉真倒是先開口了，「沒事啦沒事啦，工作工作。」

「沒事的話，你們對我臭臉什麼？我是哪個工作沒有做好，給你們造成麻煩了？可以提出來講。」我很平靜地說明完畢。

見我語氣嚴肅，家豪也面露恐色，「沒有啦，哪有什麼做不好，很多時候都是妳在幫大家收尾啊，怎麼會做不好？」大家笑了笑，笑得有些尷尬，這時吳大姊開口了，「事情是做得不錯啦，但人倒是做得很失敗。」

空氣瞬間安靜，尷尬的笑聲銷聲匿跡。

「什麼意思？」我問。

吳大姊憤憤不平地指著我說，「妳怎麼不看看自己都多大了，妳跟博昱差了十幾歲耶，有沒有良心啊？妳現在要生孩子都很拚了，還要去耽誤一個年輕人的未來？人家跟貝貝本來感情很好，妳這樣破壞，去當人家的老小三，妳爸媽知道了不覺得丟臉嗎？」

這時，我是真的笑了出來，而且還笑出聲音。

我轉頭看向方博昱，他滿臉歉疚地看了我一眼，然後趕緊解釋，「大姊，我說過很多次了，我跟貝貝真的只是學長學妹的關係，我對她真的一點感覺也沒有……」

「你口味很重耶，漂漂亮亮的妹妹不要，要找一個可以當你媽的女人？」

方博昱嚇壞了，「你們大家都誤會了，我對學姊只有尊重，她是我的前輩，我對她沒有別的意思。」

曉真小心翼翼地打量我們兩個，「但你們昨天下午在側門旁邊靠在一起坐，很親密耶，很多人都看到貝貝跟你們在吵架。」曉真說完，拿出手機給我們看照片，那是我靠在方博昱肩上休息時被偷拍的，還有幾張貝貝在叫囂的畫面，就像八卦週刊偷拍別人私事一樣，看圖說故事。

曉真補了一句，「這些照片也是別人傳給我的，現在大家都說妳是小三……」

「白癡。」我淡淡說完這句話就開始工作，不打算跟這些人一起發瘋，免得他們以為自己很正常。

方博昱還在跟大家解釋，「昨天是因為學姊突然不舒服，差點昏倒，我才扶她到旁邊去坐，正常人都會跟我一樣反應啊，大家是不是太誇張了？我發誓，我跟學姊真的什麼事都沒有，我真的很尊敬她……」

我抬頭看方博昱，「你時間很多？一堆會議紀錄都還沒做完，公文沒跑，你還有時間解釋這些破爛又無聊的誤會？我要講幾次，你是來工作的，這些八卦會讓你薪水變多嗎？」

方博昱只好也回到他的位置工作。

當然辦公室的氣氛不會太好，大家各自工作，難得這麼專心有效率，我也算是功德一件，接著主任也到班，剛好我頭抬起來，跟他四目相對，他突然把方博昱叫進辦公室，我故作鎮定地繼續敲打鍵盤，看著方博昱走進主任辦公室，然後很快兩人就又一起出來。

主任走在前頭，後面跟著方博昱，方博昱手上甚至拿著昨天那個裝錢的摩斯紙袋，我先是愣了一下，趕在主任看向我之前，先把視線挪回電腦螢幕，最後瞄向兩人一起離去的背影，完全不知道主任在做什麼打算。

我只能等方博昱回來才能問清楚。

專心工作還不到一秒，我就接連接到我哥跟我妹的電話。

我妹一打來就問，「妳在忙什麼？電話也不接，訊息也不回，工作是有多累啊？爸跌倒，妳就這樣丟著不管喔？」

「我是女兒，妳不是嗎？妳可以管啊。」

「要不是我要顧小孩，我早就去陪爸了。」

我實在很想回她，妳有在顧小孩嗎？在婆家是婆婆跟老公顧，回娘家是我爸媽在顧，只會當小公主的人，不管去哪裡都只能是公主。但我沒有這樣回她，或許她在我不知道的時候承受很多壓力，也很努力，我不想講這種負氣的話，我只想問，「妳到底要幹嘛？」

「妳知道媽昨天睡陪病床，整個人腰痠背痛耶，妳就隨便丟一句妳不能去顧爸，就把爸媽丟著不管，我這個嫁出去的女兒是心有餘而力不足，姊，妳不覺得妳日子過太爽了嗎？」

我直接掛她電話，我怕再講下去，我會吼到她哭。

不到十分鐘，換我哥打來了，劈頭就唸我，「妳幹嘛把簡凌安罵哭了？」

「我沒那麼閒。」

「那她哭著打給我說，妳都不聽她說話？」

「我在上班。」

「我知道妳工作忙，但說真的，妳也不能就這樣把媽丟在醫院啊，昨天還是我抽空幫她送換洗的衣服過去，還好爸今天就可以出院回家休養了，不然妳看媽怎麼撐？」

我翻了個白眼，「簡凌誠，你送一趟換洗衣物過去，好像做了多偉大的事，是要我給你拍拍手嗎？還是幫你做個『順親有道』的匾額掛在我們家三樓祖先牌位旁邊？你是大哥、是長子，你享受了我們家所有的資源，你出國念書，你開的車子是媽讓爸買給你的，房子以後也會登記你的名字，請問爸媽給了你這麼多東西，你送一趟換洗衣物怎麼了嗎？」

我哥不爽了，「我在跟妳說東，妳在跟我說西？」

「我管你什麼東西，我有說錯嗎？你們一個個輪流打來指責我哪裡沒做好，我就問你一下，這幾年爸媽身體不好需要住院的時候，誰去的？爸媽要幹嘛的時候，不敢打擾你們有家庭的兒女，她找的是我，我需要列出我為這個家做了什麼，才有資格昨天不去醫院嗎？需要的話你告訴我，我馬上做一份簡報給你，這樣可以……」

我沒說完，我哥就掛我電話了。

實話總是令人無法接受，但它就是實話，我家不是只有我一個女兒，我很願意付出、願意體諒，但現在的我沒有餘力，我光是想要好好活完今天，都覺得辛苦。

中午休息時間，方博昱總算回來了。

我傳訊息叫他去樓梯間，等到他來，我才小聲問他，「主任找你去哪裡？」

「也沒什麼，就是去視察，然後跟幾個理事見面，都在聊公事。」

「那他為什麼要讓你拿那個紙袋？」

「我也不知道，他就叫我拿著。」

「重量跟昨天一樣？」我問，他點頭。「然後呢？他有試探你什麼嗎？」他想了一下，搖頭，「那你有表現出你知道紙袋裡面是什麼嗎？」

他急忙說，「當然沒有，我嚇得要死，就裝沒事，當早餐幫他拿著而已，後來他就把紙袋放進他的包包，跑了幾個點之後，他叫我先回來工作，他還要去開會。」方博昱一解釋完，我覺得更疑惑了，但還是提醒他，「反正你就是要裝不知道，懂嗎？」他點點頭，我率先離開樓梯間，他跟在我身後出來，好死不死碰到要去茶水間的辦公室三俠。

他們一臉抓到我跟方博昱通姦的表情，說有多複雜就有多複雜，說多有敵意就多有敵意，好像我搶的是他們的另一半。

他們走在我們面前低頭私語，還不時回頭看看我跟方博昱，方博昱嘴巴還沒張開，我就叫他安靜，「不要道歉，不要解釋。」他把話吞回去，我很嚴肅地對他說，「你覺得我們有什麼錯？」

他搖頭。

「那就不用管他們說什麼。」我依然堅持。

回到辦公室沒多久，貝貝就出現了，她沒有搭理我跟方博昱，楚楚可憐地把帶來的飲料分給辦公室其他三人，甚至開始道別，「以後就不來打擾你們了，這是我最後一次買咖啡來給大家喝，希望你們以後也要繼續幫我照顧學長，好嗎？」

方博昱大概也是受夠了，站起身很不爽地嗆小學妹，「貝貝，妳真的不用做這些，很讓人困擾，我跟妳說過很多次，我現在不想談感情，但妳一次又一次跑來，根本就是騷擾了！」

然後小學妹眼眶就紅了，跟昨天狠狠潑我咖啡的樣子根本判若兩人，不能小看任何年紀的女人，只要有野心、有企圖，什麼都做得到，我只希望這場鬧劇快點結束，歹戲讓人看得很膩。

吳大姊看不下去了，跳起來指責方博昱，「博昱，做人真的不用這樣，人家貝貝那麼為你著想，你不領情沒關係，也不要這樣說話，很傷人家的心耶。」

「因為我不知道話到底要說到多難聽，她才聽得懂！」方博昱走向貝貝，繼續說，「妳來得剛好，跟學姊道歉，妳昨天對她那麼不禮貌！」方博昱義正辭嚴地要求小學妹，但我只想殺了他，我他媽的超級不需要她的道歉，是能讓我存款馬上變兩百萬嗎？還是能讓我爸媽不偏心？能讓我哥跟我妹知道，整個簡家不是只有我一個女兒！

最重要的是，還沒結婚不是活著的原罪！

我很直接回應，「不需要，不要再扯上我了。」

小學妹哽咽著看向我，「都是妳，以前學長明明跟我感情很好。」

我覺得好煩，然後瞪向方博昱，「我有說我需要道歉嗎？你自作主張什麼？這裡是工作的地方，不要把你們的感情帶到這裡！」

吳大姊看著我說：「把感情帶到工作上的不就是妳嗎？搶人男友還不承認。」很好，極限了，我要是不把這股氣發洩出來，我應該會去頂樓直接往下跳，當鬼也不放過這些愛八卦的人。

我看著吳大姊就直接開口罵，「妳是有證據證明我跟方博昱有什麼關係嗎？就算我們真的在一起，還是昨天打了一砲，到底關你們什麼事？你們憑什麼對我的私事指指點點？這麼希望我是小三嗎？對，我過去曾經是，還搶了人家的老公，害人家離婚，你們開心嗎？哇，有更多八卦的話題可以在吃飯的時候聊了，開心嗎？爽嗎？還想知道什麼？我全都告訴你們啊！」

接著我走到小學妹面前，「感謝妳把我當對手耶，妳真的讓我這個阿姨覺得自己還很有競爭力，但是妹妹，喜歡一個人不要耍心機，那只會讓妳的愛變得超級廉價，好像用計算機就能算出來的幾個數字，超級可憐，請妳還給我一個清靜的工作環境，謝謝。」

說完，我趴下去休息，什麼都不想再管，最後只聽到幾聲細碎的叨唸，當然是他們對我的不滿，小學妹氣呼呼地跑走了，方博昱也過去請其他人不要再說這些事，到此為止。

其實趴下去的當下我很想哭，只是眼淚被我的手臂擋住了。

下午工作時間，大家變得比較正常，從公事上的交談就有感覺，而這時，我發現議員來找主任，經過座位時，還看了我跟博昱一眼，我不知道這是不經意地瞟過，還是有意地看向我們。

我這人就是心虛，尤其是知道了某些祕密，會特別容易提心吊膽。

議員在主任辦公室並沒有停留很久，差不多二十分鐘後就出來，接著外送突然來了，議員跟主任走出他的私人辦公室，主任對著大家說：「這是議員請大家吃的下午茶，辛苦大家了。」

方博昱在主任的示意下接過外送，分發甜點跟咖啡，議員只是抬手示意大家慢用後就先離開了，我不知道這是在演哪齣，總之，我沒吃，說實在話，我是不屑吃。

下班時間很快就到了，我其實很想回去看看我爸的狀況，也想安撫一下我媽，我知道她現在肯定超級不爽我這個不孝女，但我跛著腳，不想回去讓他們問東問西，更不想看到我哥，還有可能也在家的我妹。

我只能回租屋處，然後在進大門準備上樓時，被警衛叫住，「簡小姐，妳有幾箱包裹喔。」

我有些意外，「什麼包裹？我沒買東西啊。」

警衛指著被堆在管理室一旁的幾箱東西，「這邊都是。」我好奇地走過去看，發現是我大嫂寄來的，應該是我放在家裡的東西，我頓時覺得胃酸翻騰到喉頭，哇靠，我這是完全被踢出簡家了嗎？這麼巧妙的時機點？我大嫂平常不做家事，想要我的房間，倒是變得挺勤快的。

「需要借妳推車嗎？」警衛好心地問。

我點了點頭，他將推車推出來給我，說：「不好意思，我還得去開燈跟巡邏，要麻煩妳自己搬喔。」

「沒關係，我自己來就行。」

只不過是腳踝受傷，還沒死呢，還有一口氣，有什麼搬不了的？於是我吃力地搬起箱子放到推車上，貪心的我想一次搬完，結果想把最後一箱疊到最上面的時候，我的腳實在踮不了，還不小心碰到傷處，頓時失去重心，箱子沒疊好，眼見就要掉下來砸向我……

我想起電視都是這樣演的，在這種驚險萬分的時刻，王子會出現，替我把箱子擋掉，或是把我拉進懷裡保護。

但這些幻想都沒有發生，那箱掉落的包裹直接砸中我的臉，然後我整個人跌坐在地，連手掌都擦破皮，想靠著推車站起來，還因為推車輪子滑來滑去，再狠狠跌一次，狼狽到我都笑了。

人最痛苦的時候，不是哭，而是笑。

痛到笑了，覺得自己的人生荒唐到了極點。

然後還要聽到某人涼涼的一句嘲諷，「妳是有事嗎？」我頭都不用抬，就知道是方亦川，那種語氣，聽一次就不會忘。我深呼吸後，試著再起身，這次他順手將我拉起來，然後撿起砸到我的箱子，放到推車最上面。

「為什麼不叫警衛幫忙？」他問。

「我也沒有叫你幫忙，但是謝謝。」我說。

他看向我，可能被我氣到不知道要說什麼，我不想看他，只是繼續說，「聖勇還沒有跟我聯絡，他也沒有回訊息，你說會給他十天的寬限期，不要又跑來跟我說要去找他媽媽，都幾歲了，不要這樣說話不算話……」

「妳在流鼻血。」他打斷我的話，我愣了一下，抹了抹鼻子，手指上染了血，我又笑了，他輕嘆口氣，「妳先擔心妳自己吧。」說完，他把一旁的拐杖遞給我，然後推著推車問，「妳家怎麼走？」

「我自己推上去就好。」我說。

「有件事我要跟妳確認，我不覺得在大庭廣眾下會比較好。」

看方亦川臉跟大便一樣臭，我也懶得跟他爭論，指著A棟的方向，讓他跟我一起上樓，他還幫忙把推車上的箱子卸下來，我一想，連忙解釋，「這是我家寄給我的，不是聖勇的東西，如果你想要抵押品，可能也沒什麼價值……」

他只從桌上抽了兩張面紙給我，「先止住妳的鼻血。」

於是我只能試著止住鼻血，他又問，「妳家沒有醫藥箱嗎？」

「幹嘛？」我回。

他指著我擦破的手掌，我看了看，沒什麼大不了，「我自己會處理，你要說什麼就快點說，說完就可以走了，我相信你也沒有很想跟我共處一室。」

他點了點頭，顯然很同意我的說法，接著表情有些微妙地從口袋裡拿出一份資料影本，指著上面的字跡問：「這是妳的簽名樣式嗎？」我看了一眼，點了點頭，「對啊，怎麼了？」

方亦川瞬間很想發飆但忍住的樣子，努力保持平靜地攤開整張紙，我這才發現，這是聖勇跟方亦川公司設備買賣契約的補充協議，上面的連帶保證人是我的名字，而且是我的字跡，我倒抽口氣，有些沒辦法反應。

「什麼意思？」

「問妳啊，妳有簽過這個嗎？」方亦川緊盯著我，但我眼前一片花，不知道該怎麼反應，他繼續說：「我今天請助理把所有資料調出來看，才看到還有這份補充協議，我再問妳一次，妳是連帶保證人嗎？」

「我不知道，我沒有簽啊，我沒有印象……」

「那現在最大的可能性就是張先生偽造文書了。」他下了定論，我才想要開口，方亦川很認真地提醒我，「不要再說不可能了，事實就擺在眼前，妳現在要想的是怎麼舉證這個簽名不是妳簽的，證明簽名無效，不然張先生要是完全不出面，我們公司先討債的人就是妳了。」

我整個人動彈不得，是夢吧？聖勇怎麼可能這樣對我？不可能的，一定是假的，不會的，再怎麼樣，我們都有兩年的感情，我也陪他走過不少風風雨雨，我一直都是給他最多支持的人，他不會這麼對我的。

「他那時候應該是真的走投無路了，才會……」我喃喃地吐出這句話，方亦川搖頭看著我，對我的反應感到不可思議，「妳真的沒救了。」

我難過地看著方亦川，「對，我也覺得我沒救了，就算現在你告訴我這件事，我即將要面臨這麼龐大的債務，我想到的也是聖勇告訴我，他買下新設備，他有多開心，他的產能要增加，公司要順利了，他是真的很想成功，是真的很努力啊！你懂那種很認真，可是每次都徒勞無功的感覺嗎？我懂！我懂為一個家庭勞心勞力但沒有人會感謝你的心情，我懂那種為一段感情付出一切，最後還是全部歸零的痛苦，我只是試著去理解一個人想在這個世界上好好活著、能被看見的心情而已！我不是傻也不是笨，我只是想說，再壞的人，都有他的無能為力跟言不由衷，謝謝你告訴我這件事，我會好好處理，我也不會逃的，我會負責。」

我說完這段話、發完瘋的同時，也順便整理了自己的思緒。

我全身都在發抖，但我仍然很堅定地看著方亦川，他也看著我，像在看什麼珍禽異獸一樣，我很想告訴他，有些錯，是會在你最疼的地方開花，但我覺得他聽不懂，沒關係，我懂就好了。

我只能說服自己，

痛不是停下的理由，
而是提醒我，還活著。

Chapter 8

這世界到底適合什麼樣的人過？

冷靜系、掙扎系、頓悟系、崩潰系？

還是就真的歸企去系？

我跟方亦川沉默對峙的時候，門鈴突然響了。

方亦川可能以為外頭的人是聖勇，眼神整個亮了起來，但我很誠實地告訴他，「不會是聖勇，他有鑰匙，可以直接進來。」我說完，站起身就要去開門，方亦川快一步拉住我，「妳坐著，我幫妳開。」

他說完迅速去開了門。

進來的人是品潔跟海洋，兩人看到方亦川都嚇了一跳，但不好意思，真正會嚇死的人是我，我完全沒想到她們會在這個時候來，原本以為可能是我漏掉哪個包裹，警衛好心替我拿上來，不然就是我妹或我哥要來找我吵架，結果是她們。

海洋跟品潔看了一眼方亦川，海洋馬上看向品潔，似乎想用眼神向她詢問，「這個男的難不成就是妳上次看到的那個人，是凌菲的男友？」品潔馬上感應到她的問題，微微搖頭表明不是，這時海洋才客氣地笑笑說：「我不知道妳還有其他朋友在⋯⋯」

海洋還沒說完，品潔眼尖地看到桌上的簽名文件，我神情一凜，還不知道該怎麼反應，方亦川也察覺品潔的視線，想要把文件收起來卻為時已晚。品潔不敢置信地看著我，「這份文件到底是怎麼回事？」接著又問方亦川，「你又是誰？」然後品潔又看到旁邊的拐杖，繼續質問我，「妳不是說跌了一下，居然要用到拐杖，到底是發生了什麼事？」

品潔的問題好多，我不知道怎麼回應。

見我有朋友來，方亦川可能是懶得多管，也可能是同情我還需要解釋一番，不忍心看我狼狽的樣子，便開口說：「不好意思，妳們聊吧，我就不打擾，先走了。」

他說完要走，沒想到品潔又驚呼出聲，「我想起來你是誰了！上次在居酒屋喝酒的那個帥哥，我好像還說你是我的菜……沒錯，我看上眼的人不會忘記……沒想到你們居然……不對啊！妳跟妳男友分手了嗎？」

我真的好想去撞牆，好丟臉，在品潔讓海洋誤會更多之前，我只能收起桌上的簽名文件影本，趕緊開口，「停止妳的想像，拜託，事情根本不是這樣。」

品潔著急了，「那到底是怎樣？妳說清楚啊！不，先解釋一下，那張簽名協議是什麼？」品潔不放過地繼續問，海洋制止她，接著坐到我旁邊，「我擔心妳的腳傷，所以才過來看看，等妳心情平復一點，準備好了再跟我說。」

海洋雖然這樣講，但我很清楚她個性比我固執，沒有給她一個答案，她根本不會放棄，她就是會有耐心陪我一起耗，既然已經被發現了，也沒有什麼好瞞的。

於是我當著方亦川的面，向海洋跟品潔坦誠一切，包括我前前後後借給聖勇快一百萬，還有他冒簽我名字的事，現在聯絡不到他本人，所以方亦川的公司目前算是我的債主。

海洋聽完很冷靜，彷彿她本來就知道我會這麼做，她清楚我的個性，為了愛人可以不顧一切，但品潔不能接受，拿起手機就問我，「姓張的身分證字號多少？還有他手機給我。」

海洋看著品潔問，「妳要幹嘛？」

「不要說徵信社，我在警局也有人脈，找個人不難啦，照我看，他還在呼吸，就是不知道怎麼解決，所以才會躲起來，媽的，不要讓我找到他，我不會放過他，居然這麼沒良心。」品潔說完又拉著我的手，著急地要我快點講。

「品潔，謝謝妳，但讓我自己處理好嗎？」

品潔不能接受，「還要處理什麼？妳難道要幫他賠四百萬嗎？天啊，妳真的是……我的媽啊，我超想罵妳，但我居然罵不下去耶，妳真的好有本事。」品潔坐到一旁不說話。

海洋關心地問我，「妳接下來打算怎麼做？」

品潔馬上插話，「當然是等那個王八蛋自動出現、自動認錯，然後再原諒他，跟他一起承擔啊！簡凌菲，妳書架上那些書真的有看進去嗎？人家是教妳做自己，不是叫妳當聖母，妳是希望死了以後燒出什麼舍利子嗎？」

我知道方亦川在看我，但我已經不在乎了，不管品潔說了什麼，都已經沒辦法改變我的確很蠢的事實。

我拿起手機拍了那張簽名協議的照片，然後馬上傳訊息給聖勇，「這是你簽的嗎？沒有經過我的同意？」海洋看著我的舉動，輕嘆一聲問，「妳覺得他會看嗎？他會回妳嗎？」

我很誠實地回應，「我不知道，但我相信他不是那麼壞的人。」

品潔大笑三聲，對著海洋說：「看到沒有？我真的要被簡凌菲嚇爛了，她這種人可以活到現在根本就是奇蹟。我告訴妳，反正遇到壞男人也不是第一次，妳就承認姓張的就是沒種沒擔當，想把一切丟給妳善後！妳不向他究責也沒關係，妳需要錢我可以借妳，但妳沒必要再對這種人有一絲絲期望……」

品潔還沒有說完，我的手機震動了一下，那麼微弱細小的聲音，在場所有人卻都聽到了，一致看向我，我直覺是聖勇傳來的，顫抖地拿起手機一看，上面顯示聖勇的回應，寫著「對不起」三個字。

終於回了。

瞬間我眼淚潰堤，我發現自己鬆了口氣，不只是因為聖勇還活著，而是他讓我這一點點盼望還有存在的可能。

品潔湊過來看到這三個字，更是爆氣，「說對不起就沒事了？妳不要原諒他喔！」

我看著品潔，「我沒有要原諒他，我是原諒我自己。」

聖勇消失的這幾天，我無時無刻都在詢問我自己，哪裡做錯了？哪裡做得不好？我不停地檢討自己為什麼總是會在愛裡出錯？我甚至覺得自己一直以來對愛的信仰就要毀滅，品潔罵得對，我是戀愛腦，我就是容易相信別人，可是我真的不覺得「相信」是錯的。

對我而言，信任不該是弱點，它是走向愛的唯一途徑。

因為一旦你不再相信，你就不可能再去愛誰，更不可能愛自己，你會一直質疑這世界上所有的一切，我討厭自己那樣，就算一次次受傷，我還是想當那個願意為了愛，繼續柔軟、繼續真誠的自己。

我抹去眼淚，打了最後一句話給聖勇，「我相信你會出面解決的，我等你。」我打完之後，海洋伸手摟住我，品潔則是大翻白眼地說：「我輸妳，真的，全世界都輸給妳了。」

方亦川站起身，「那就先這樣吧，簡小姐，到時公司這邊有進一步的行動，我會再通知妳。」

「謝謝。」我朝方亦川點頭致意，他眼神很複雜地看了我一眼後，先行離去。

海洋拍拍我，「沒事，我在，大家都在，妳把所有事情都說出來了，這樣很好，我們都了解狀況了，明天我會詢問公司的法務，看可以怎樣幫妳。」我點了點頭，品潔指著一旁的包裹問：「這些是姓張的？妳要把他趕出去了？」

「不是，這我大嫂寄來的，我房間的東西。」我說。

「什麼意思？」海洋不解地問。

「我姪女長大了，需要自己的房間。」

品潔覺得不可思議，「所以就把妳的東西清一清，要妳讓出房間？欸，那也是妳的家不是嗎？妳以後回家是要住哪裡？」

「叔叔阿姨沒說話嗎？」海洋也覺得奇怪。

「就這樣了，沒什麼好說的，其實我家也有我家的問題，只是我懶得多說，實在是覺得很累。」

海洋跟品潔對看一眼，兩人都沒有再多問，海洋則是提議，「還是妳這幾天來住我們宿舍，妳腳不方便，也需要人家照顧。」

「不用了，我想自己靜一靜。」

「這種時候有人陪比較安全。」品潔看著我。

「我不會做傻事。」

品潔苦笑一聲，「做了那麼多傻事還說不會。」

海洋出聲警告品潔，「品潔，夠了。」

「我也覺得夠了，我先走了，我怕我再多待一秒，會忍不住動手打簡凌菲，她太可怕了，簡直被虐狂。」品潔說完轉身走，但不忘丟一句，「需要錢找我。」

品潔離開後，我深吸口氣，穩定心緒，對海洋說：「妳也回去休息吧。」

海洋猶豫，生怕她一離開，我就會想不開一樣，但其實當聖勇回我那句對不起之後，我心情竟感到無比平靜，我努力撐起微笑對海洋說，「我陪我自己就夠了，四十幾歲的悲傷用不著人盡皆知，我知道怎麼療傷，我會好的。」

「我當然知道妳會好，但就是捨不得，拜託妳，真的先以自己為主好嗎？明明之前我有事的時候，妳都教我做人要有底限，可是我發現妳才是那個對愛永遠讓步的人……」

「我就是那種很會勸別人，但自己做不到的廢物啊，海洋，我真的只是想談一段簡單的戀愛，我也不知道為什麼每次都要搞得這麼轟轟烈烈，只是想要有個人跟我分享生活而已……但就是搞砸了……」

我現在整個人像張被水弄溼，貼在地板上撿不起來的衛生紙，就算我被生活打敗成這樣了，我想的還是……

「我知道你們都覺得聖勇很壞，是個騙我錢的大爛人，他真真實實地傷害我了沒錯，可是我仍然相信他不是故意的。」海洋想要開口反駁，我馬上繼續說，「放心，搞成這樣，我跟聖勇是不可能再有未來的，我只是打從心裡認為我們的過去沒有那麼不堪，我相信他會出來面對的。」

海洋不再說什麼，只是緊緊抱了我一下，接著陪我整理家裡寄來的幾箱東西，再用那幾個空箱子打包聖勇的衣服跟用品，或許，我該放棄有人一起生活的夢想藍圖，就此相信自己會孤單到老，不用再一個人收拾痛苦。

海洋再三確認我的狀況後才願意先離開。

我看著那幾個裝著聖勇東西的箱子，哀悼他在我心裡從有到無的遷徙，真的不會再回來了，無論過去的我們有過多快樂的時光，有多少無須多說的默契，一切都已經結束了。

只是沒想到結束得這麼慘烈，我爸媽要是知道，肯定會罵我人財兩失，亞洲父母的習慣就是先罵自己的小孩，氣他們不成材，但沒關係，這件事我沒有打算讓他們知道，這些破事會跟著我埋進棺材，化成灰燼，灑在地球上的某處。

人生的困難有時可以巨大到無處掩藏，有時也可以渺小到誰都看不見，沒有那麼嚴重，只要還活著，只要我還能工作，永遠就能重新開始，錢再賺就有了，只要我願意繼續努力就夠了。

我是這麼相信的。

直到隔天一到單位，被主任叫進辦公室時，我才知道昨天我在的地方還不夠地獄，此時此刻才是我人生的深淵。

他指著電腦螢幕上我正替董娘貴婦們教課的畫面，接著快轉到董娘給我錢的那一秒後按下停止鍵，主任抬頭對我說，「有人檢舉妳在外從事兼職瑜伽老師，妳有什麼話要說的嗎？」

看到這個監視器畫面，我還有什麼好說的？想都不用想就知道是誰做的。我努力平復情緒，淡淡地說：「我是去幫忙上課了，但我最後把錢給退了，我沒有收錢，就當是一次免費帶人家體驗瑜伽而已。」

主任反問我，「沒收錢的證據在哪裡？」

我伸手移動滑鼠，天真地以為影片會長到證明我有把錢還給品潔，讓她拿回去給貝貝的母親，沒想到影片就結束在我拿錢的畫面，擺明了就是想要我被人贓俱獲。主任面露不耐，「還想掙扎？」

我站直身子回答，「反正我錢還回去了，我不怕政風室查。」

主任打量著我，一臉不以為然，繼續問，「所以妳不怕把這件事報上去？」主任的語氣意味深長，但我沒有慧根，完全聽不明白他的意思，如果他不打算往上報，那找我進來幹嘛？要是喝茶，他也沒有泡啊。

見我面露不解，主任清清喉嚨問，「聽說妳跟方博昱私交不錯。」

我馬上澄清，「沒有什麼私交，只是同事。」

主任冷哼一聲，「隨便啦，我對你們的感情一點興趣都沒有，但我聽說方博昱就是啟原環保科技副理的親弟弟。」

我心頭一凜，裝蒜到底，「我不知道。」

主任笑了笑，「方亦川啊，妳怎麼可能不知道？他上次不是還來找妳麻煩嗎？」

「我說我不知道他們是兄弟。」

「那現在妳知道了。」

我有些不耐，「主任到底要說什麼？」

「方亦川最近查得很緊。」主任一字字吐完這句，順道觀察我的反應，好像快把我的毛細孔也看得清清楚楚。但我目前可是負債四百萬的女人，連存款都只有十五萬，我怕什麼？

我反問主任，「當初我把方亦川寄來的異議函跟資料都給主任看過，我也提醒過主任了不是嗎？我現在只想安安靜靜地做好份內的工作，好好在崗位上退休，其他的事我都不想管。」意思就是老娘沒有要揭穿你收回扣的事，不要來煩我。

但主任不是這麼打算，他甚至對我說，「如果妳能想辦法讓方亦川放棄標案，也不要再針對我跟議員，我可以保妳跟方博昱一次。」

我頭上冒出一個世界大的問號，「保我？跟方博昱？什麼意思？我們有怎樣嗎？」

「那紙袋妳看過也碰過了，上面有妳跟方博昱的指紋，要死大家一起死，要是出事了，妳覺得議員會讓妳跟方博昱好過嗎？我們是不想把事情弄得太難看，所以議員請我讓妳去勸勸方亦川，不要剛調到北部就這樣跟議員對著幹，標案以後多的是，禮讓一下有什麼關係？」

我覺得超級可笑，我是有什麼立場跟臉面去叫方亦川算了？人家早就給了警告，是主任自己不理也不肯改內容，好讓標案具有公平性，現在反過來威脅我？我想到海洋昨天對我說，我總是要她當個有底限的人，此刻我檢討自己是個做不到的廢物。

經過一個晚上，我不想再那麼懦弱了，我直接回應主任，「做不到。」

主任不死心，「我再問妳一次⋯⋯」

但我沒有給他機會再問一次，就直接回答他，「幾次都一樣，我不可能去勸方副理，我也希望主任快點回頭是岸，你也說了，標案那麼多，你要圖利議員的廠商，也多的是機會，只要重新上網公告，我想方副理看到你的讓步，也不至於把事情搞得太難看，不是嗎？」我是想到主任的媽媽，才願意好好跟他說。

沒想到主任只是不屑地打量我一眼，「既然這樣，依規定，妳在接受調查期間得暫停執行職務，這是程序，沒問題吧？」

我看著主任，知道沒照他的意思做，就是這個下場。我點了點頭，沒有任何反抗，是我自己先起了貪念，才有機會落人口實，我自作自受，無話可說。於是，一聲不吭的我跛著腳回去整理東西。

所有人看著我的舉動，都有些錯愕，很想問發生什麼事，但沒有人敢問。

但方博昱這個菜鳥就傻傻的，才要對我開口的時候，我瞪了他一眼，他立刻閉嘴噤聲，接著我拿起手機傳了訊息給他，「從現在開始，不管人家叫你做什麼，你就說我不會我不懂，裝死到底。」

方博昱看了訊息，滿臉想說些什麼的時候，主任走出來對著大家宣布，「除了簡凌菲，其他人跟我到會議室開會，要重新分配職務。」所有人帶著茫然的表情準備進去開會，包括方博昱。

這世界就是這樣運作的。

人們頂多好奇一下你的人生，但終究，他們還是得面對他們的生活，他們該繳的房貸、信用卡費用，還有落在他們身上得趕完的工作、該盡的孝道、該處理的每段關係。

他們可能會聚在茶水間裡討論半個小時，可是，他們依然會回到自己位置，繼續過他們的日子，無論我跟他們在一起工作了多久，我也只不過是他們沿路經過的一棵樹、踩過的一塊柏油路而已。

我不知道主任會怎麼說明我暫時離開工作崗位的理由，但這一點也不重要，我不在乎的事，別人又有什麼好在意的，他們頂多不爽，人就夠少了，還得分擔我的工作，我猜沒有人想處理標案的事，最終還是會落到方博昱身上，每個工作單位都需要一個不會叫的替死鬼，方博昱很適合。

我該提醒方亦川嗎？主任知道他在查標案的事，更重要的是，主任還知道方博昱是他弟。

但下一秒，我就想到方亦川用著反社會人格的表情，不以為然地回應，「關妳什麼事？」謝謝他在我腦海裡根深柢固的死樣子，那我就不蹚渾水了，反正身為曾經是方博昱的學姊，我已經盡力了。

對的，我好盡力了。

不管是對待任何人，我的爸媽、我哥我妹、聖勇，還有所有我身邊珍視的每個人，我都超級盡力，除了我的命，只要我能做到，我永遠都是第一個站出來的，他們的快樂就是我的快樂，我想為他們解決所有的困難，只要他們笑，我的世界就會有光。

可是此時此刻，我才明白，把照明的開關放在別人身上有多麼危險，一不小心，黑暗就會籠罩自己，無論我呼吸、我轉身，都需要看人臉色。

簡單地把暫時該交接的事項記錄下來，發到群組後，我就離開單位，本來想回租屋處，但想到我媽為了照顧我爸，肯定很辛苦，也不知道我爸狀況如何，我還是很沒志氣地撥了我媽的電話，不管怎樣，認錯可以讓她開心的話，我就認吧。結果接電話的人是我爸。

「怎麼是你接？媽在睡覺嗎？」我問。

「她前兩天睡在病房感冒了，早上還在發燒，對我生氣，我那天明明就有要她回家睡，我只是一隻手不方便，又不是完全不能動，結果現在怪我，說我打呼害她整夜沒睡，不能好好休息才生病的……」

「那你的手有沒有好一點？」

「沒事了啦，過兩天就可以拿掉護具了。是說，妳到底在忙什麼？妳也知道妳媽在不高興，怎麼不早點打回來安撫她？」

「我也是剛好在忙……」我才說到一半，我妹的聲音從電話那頭傳過來，很不高興地說：「我剛帶媽看完醫生，換妳回來照顧她。」

看來是我爸沒講完，手機就被我妹搶走，對我頤指氣使，彷彿帶媽媽看了一次醫生就可以榮獲全臺最佳孝親楷模一樣，她繼續對我說教，「我真的不知道妳在搞什麼耶，談個戀愛，連爸媽都不管了嗎？還要我一大早趕回家來，帶媽媽去醫院，妳不要忘了我還有兩個小的，萬一在醫院帶細菌回家，害圓圓滿滿生病了，妳要負責嗎？你們真的好煩，哥也一樣，丟一句要工作就什麼都不管了，我是嫁出去的女兒耶，什麼都丟給我，這樣對嗎？」

我懶得聽她長篇大論，只是淡淡回她，「我這兩天沒辦法回去。」

她不敢置信地激動大吼，「妳再說一次！」

「把手機給媽。」我說。

「她在睡覺。」

「那我晚一點再打給她。」說完，我直接掛掉電話，後悔自己為什麼要打這通電話，受到這些指責，有些事，一旦你做了，就好像成了一輩子不能放下的工作。

一旦你曾經沉默，就沒有權利抗議。

我疲累地回到家，看著那幾箱還堆在角落的聖勇的物品，心情已經沒有昨天乍然得知一切的激動，但還深陷在自責的迴圈裡，我在這段感情裡做錯了什麼？支持另一半、成為他的後盾是不對的？還是妄想我的愛情可以苦盡甘來是有病的？

別人風風雨雨過後，還是能有happy ending，而我歷經那麼多苦難之後，依然浮浮沉沉，都四十幾歲了，人生還在大起大落？

我愈想愈感到悲哀，愈想愈覺得想哭、愈想愈覺得自己委屈……害怕陷入低潮的漩渦裡，我趕緊點起香氛，打開療癒音樂，試著靜心，下意識地想打坐冥想，卻忘了自己腳踝上還有護具，根本很難坐好，只能退而求其次地努力深呼吸，試著照抄書本裡的方法。

鼓勵自己、安慰自己，不停地說服自己，這不是你的錯，讓生活回到正軌，一切都會更好的，當你覺得自己什麼都不想做的時候，試著拉起自己，為自己煮一頓健康的晚餐、洗個舒服的澡，你就會發現，這世界上沒什麼過不去的。

這些激勵人心的話，不停地在我的腦海裡響起，但這次，我拉不起自己，只能任由那些救活自己的方法在腦海裡漂浮，最後我躺在沙發上，只想說一句去你的正能量！

我像一頭皮毛被點燃的獸，生活燒得我好疼，最可悲的是，我現在就連想使出蠻力奮鬥掙扎，也是徒勞無功，我連下沙發踩到地板都痛到眼淚要掉下來，於是，我決定等死。

就這樣躺著等死好了。

突然覺得死掉也是滿好的結局，反正我人生也沒什麼遺憾，該做的都做了，該傷的心也傷透了。

這世界上不會有人為我的離去悲傷。

就算有，那也是暫時的，活著的人，最後，一樣酒照喝舞照跳。

我不想努力了，不想那麼用力地活下去了……不知道想了多久、等了多久，最後我沒死，我只是昏昏沉沉地睡了過去，想著自己或許就這樣不會再醒來，踩在沒有開始也沒有盡頭的黑洞裡，我覺得那裡就是死後的世界，我沒有害怕也沒有恐慌，反而有種鬆了口氣的安心感。

不用面對我失敗的感情、工作還有家庭，跟我糟糕透頂的人生，這裡即便是地獄，也是我的天堂。

正當我沾沾自喜，感恩一向待我嚴苛，求什麼就得不到什麼的上天，總算順遂一次我的願望時，我的眼睛被外力撐開，有亮光照在我的眼球上，我感到被打擾，手臂好像被什麼壓縮帶束緊又鬆開……

接著我聽到海洋的聲音，不停地著急詢問，「她狀況還好嗎？下午流了很多汗，我有幫她擦澡……」

「燒退了，血壓也沒問題，應該等等就會醒來。」接著我聽到腳步聲離去及推車推離的聲音，我到底是醒著還是沒醒？我身處的地獄莫名出現幾道亮光，我開始不確定這是哪裡，本能地睜開眼睛。

眼前從模糊到清晰，我看到病床旁站了一些人，有品潔、藍一銘、海洋，還有方亦川，我有些錯愕，忍不住出聲好奇問：「現在是我的告別式嗎？」

品潔翻了個白眼，「再晚個半天去找妳，可能就是了。」

藍一銘摀住品潔的嘴，海洋只是關心我的狀況，頻頻詢問有沒有哪裡不舒服。其實我並沒有哪裡痛，我只覺得睡了好沉好沉的一覺，有些全身痠痛，接著我就從品潔口中得知，原來我在家裡發燒，是海洋放心不下，隔天又去找我，才發現我差點成為遺體的高溫身體。

我被送進醫院，連續燒了三天，直到今天才醒來，大家都很擔心，但沒有人責怪我，沒有人對我說一句重話，沒有人氣急敗壞地罵我，「搞什麼鬼，真的要把自己弄死才甘願嗎？妳為什麼就是不能好好照顧自己？妳真的很糟糕，都幾歲了，還要這樣造成別人的困擾。」

即便是這樣，我還是向所有人道歉，海洋瞪了我一眼，「有什麼好說對不起的，妳又不是故意的。」

其實，我是耶，我是真的不想再活了，我陷入黑暗之際，是真的覺得這輩子夠了。

藍一銘打著圓場，「沒事就好，沒事就好，我去買點吃的，醫生說太久沒進食，要從清淡的開始吃，我去附近繞繞。」說完，藍一銘拉著品潔跟他一起去張羅食物，然後我看著方亦川，發出我的疑問，「那你為什麼會在這裡？」

海洋幫忙解釋，「我去找妳的時候，剛好遇到方先生在樓下，是他跟我一起送妳來醫院的。」

我點了點頭，客氣地說了一聲，「謝謝，但你是要去找我的？」

「我同事查到張先生人在淡水，本來要約妳一起過去找他，但聽說他又跑了。」

「他會自己出現的。」我說。

方亦川看了我一眼，很想反駁我，但他很清楚，不管他怎麼說，我就是聽不進去，他一臉「Ok, fine！我放棄跟妳這個死腦筋的人溝通」的表情。

這時，我發現原本綁在我腳踝的護具已經拿掉了，海洋說，「妳如果有體力的話，可以下來走看看。」於是我在她的攙扶下，下床走了走，這大概是值得慶幸的一件事，我的腳好很多，踩下去的疼痛感幾乎快要消失了。

但我這個人就是容易滿足到得意忘形，海洋去替我倒水時，我還持續練走路，結果腳撞到床角，差點又跌了個狗吃屎，是方亦川出手協助，拉了我一把，他又露出一臉「妳真會找麻煩」的表情。

反正我也習慣他這個臉，很客氣地對他道謝時，他的手機剛好震動起來，他一手扶我，一手從口袋裡拿出手機，看了一下。我沒有要探別人隱私，但我的視角就是剛好可以看到來電顯示，是方博昱。

我想起來了，我暫時離開工作單位，方博昱不知道有沒有被刁難，見方亦川沒打算接電話，我忍不住出聲，「不管你有多討厭方博昱，你查標案的事，上級已經知道了，而且他們知道你們是兄弟。」

我第一次看到方亦川的眼神閃過一瞬慌張，我緊盯著他，最後他接起電話，「有什麼事嗎？」方亦川頓時皺緊眉頭，「媽怎麼會跌倒？不是有看護在照顧嗎？」方亦川顯然不想接受這個事實，不管他是覺得很煩躁很不想面對，還是因為擔心、感到害怕，這些都不重要，我順手拿過手機接聽，「方博昱，你直接跟我說是哪間醫院、幾號房？」

電話那頭的方博昱顯然也十分錯愕，畢竟是我的聲音，他支支吾吾地說完，我掛掉電話，把手機還給方亦川，「同間醫院，就在樓上，我知道你有錢，你也願意付醫藥費，但我不管你跟方博昱之間有什麼愛恨情仇，他媽就是你媽，有些事情不是付錢就可以解決的。」

他收起手機，不滿地抱怨，「妳真的很愛多管閒事。」

「先去看完你媽，要罵我再罵。」

「我不去。」他依然堅持。

「好，那我去看看，海洋回來，你跟她說我去走走。」說完，我就走出房門，我聽到方亦川不悅的怒吼聲，「簡凌菲，妳到底在雞婆什麼？」

我沒有回頭，只是邊小心走路邊說，「我去給同事的媽媽探病，哪算什麼雞婆？我又沒有叫你跟來。」我逕自往前走，感受方亦川在我身後，整個人很火，踩的每一步都重到好像要地層下陷。

我只是有種感覺，方亦川其實很想去看他媽媽，只是他不敢。

他心裡也有一個他不願意承認的恐懼，才讓他變成現在這樣子，跟我一樣，跟所有心裡受傷的人一樣，只是有如死過一次的我，知道恐懼會如影隨形，要是沒辦法戰勝它，就只能跟它共存。

只是為什麼我們要擁有這樣的恐懼？我不甘心，真的好不甘心，超氣對這一切無能為力的自己，我發現我根本打從心裡厭惡什麼上天給我的功課這句話。

去你的，給別人就好，憑什麼給我？上天了不起？我他媽的生出來為什麼要接受祢給的考驗，不如別讓我出生，當顆奈米細菌都比當人好。

我帶著這莫名的怒意，和對這一切的叛逆，剛才罵方亦川有病的我，其實病得比他更重。我比他早一步踏進方亦川母親的病房，看到方博昱跟一個阿姨守在最裡側的一張病床旁。

方博昱看到我，先是嚇了一跳，但他很快就平靜下來，畢竟他已經知道接電話的人是我，然後他的視線落在跟在我後頭的方亦川身上，努力保持平靜的語氣說，「看護幫媽媽翻身的時候，沒有拉起旁邊的護欄，媽媽才會摔下去的。」說完。方博昱紅了眼眶，「哥，謝謝你來。」他說到哽咽，我卻不明白他是在感動什麼。只是，看著容許哥哥把媽媽丟給自己，只需要付錢解決一切的方博昱，我像是看到了跟我一樣沒用的靈魂，可能是這樣，我才會對方博昱特別寬容和關照吧。

床上那個女人瘦弱到連我都可以抱得動，她看起來神智清醒，只是身體沒辦法自由行動，不停用喉音發出「川」字音。我回頭看向方亦川，他很努力地保持平靜，只是他緊握又鬆開不知道幾次的拳頭出賣了他。

一旁的阿姨也哭了出來，上前拉著方亦川，「你總算來了，你媽媽都等你多久了，阿川，你當兒子的，心不能這麼狠啊。」方亦川別過臉不看自己的媽媽，努力不讓人聽出他聲音裡的顫抖，「我來了她就會好嗎？」

這時方博昱居然哽咽說了一句，「就算媽不會好了，至少死也能瞑目吧。」

方亦川身子一抖，阿姨拉著他走到病床旁，激動地說，「快，快叫媽媽，你媽聽得到的，你看她現在這麼激動，她真的很想你啊，聽阿姨的話，沒有什麼事過不去的，你不要再這樣折磨你媽媽了。」

阿姨拉起方亦川母親的手，也拉過方亦川的手，試圖讓他握住母親，好像不管他們曾經發生過什麼事，只要雙手交握，一切就會煙消雲散一樣。我也這麼以為，書上寫過……一切終將會過去。

只是現在有沒有可能真的可以成為過去？

我看到方亦川最後縮回了手，抹抹臉，冷冷地說了一句，「你們要我來看，我來了，就這樣，她接下來要送復健病房就送，該付的費用我會出，但就只有這樣……」接著他看向方博昱，「她選了你當兒子，不是我，那就不要期待我做兒子該做的事。」方博昱聽完，表情明顯受傷。

阿姨又要開口，方亦川就對著她說，「會說沒有什麼事過不去的，是因為那不是妳的事，謝謝阿姨照顧她，但妳很清楚為什麼我們會變成這個樣子，所以也請妳不要勉強我。」方亦川說完，看也不看床上的媽媽一眼便轉身離去，背影看起來很是絕情，但我知道那是虛張聲勢，只是防衛。

我一個人站在原地，突然覺得很抱歉，是我讓方亦川來面對這一切，我的自以為是不只傷害了自己，也害了別人，瞬間，我有些無所適從，看著病床上不停流淚、眼神看向門口的方亦川母親，我好想說一聲對不起。

這時，方博昱抹去眼淚，站到我面前，「學姊，謝謝。」

「謝什麼？」

「謝謝妳帶我哥來，至少能讓我媽看他一眼。」

我尷尬到不知道怎麼回應，天知道我根本沒有想那麼多，我只是突然間發瘋而已。我沒說話，只是朝阿姨跟病床上的方亦川母親點個頭，帶著滿滿的歉意轉身離開病房。

我扶著牆壁，想快點回到自己病房，海洋倒完水回病房沒看到我，一定找我找急了。只是沒想到，一個轉彎，我卻在轉角處看到隱藏在大盆栽後的身影，是方亦川？

他可能正在整理自己的情緒，我應該離開，逼他面對不堪的人是我，我沒有臉見他才對，但我還是忍不住朝他走過去，站在盆栽的另一邊，那盆栽大到可以擋住我，卻不能擋住方亦川的啜泣聲。

我這輩子第一次害男人哭，對象居然是方亦川。

微光

每個人都是爛命一條，
在生活的泥濘裡被弄得髒兮兮，
既然都髒了，不如大家都下來滾一圈。

—— Chapter 9 ——

連最後一片雲，也飄離了我的視線，
看清風向，那道照著我的微光，
或許從頭到尾都不是為我而亮的。

我和方亦川就各自站在大盆栽的兩邊，他仍然沒有發現我。

我聽他不時吸吸鼻子，不時用力吐氣，試圖把淚意吞回去，好像在此刻崩潰就會被認證是個超級沒用的人，他好壓抑，比我還要壓抑，不知道是誰灌輸他這種觀念，可能是這個社會，也可能是他自己，哭就是示弱，男人就是要堅強。

眼淚不能出現在男人的臉上，那很丟臉。

如果我親耳聽到有人說這句話，我可能會試著在他腳邊點燃火種，把那個人跟這樣的想法燒到塵歸塵土歸土，這種觀念不應該存在於這世界上。

我並沒有刻意掩飾自己就在這裡，或許某種程度，我必須要對自己的行為負責，至少在他難過的此刻，我得在這裡陪伴痛苦的他當作贖罪，等方亦川發現我的時候，我可以好好跟他說聲對不起，我把方亦川帶進了痛苦的地獄，他在這裡待得愈久，我愈感到抱歉，好想乾脆過去拉起他的手，打我一巴掌算了。

但我沒有這麼做，因為我沒有資格，畢竟打完巴掌，我心裡的罪過減輕了，可是他的痛還在。我好奇了起來，他跟方博昱之間差了這麼多歲，他究竟恨自己弟弟什麼？方亦川母親虛弱的樣子在我腦海裡揮之不去，像是個不知道什麼時候就會離開這個世界的靈魂，他又恨她什麼？

想著想著，我突然覺得自己好可笑。

我還有什麼餘力關心別人？我的父母在生養我的過程，沒有讓我餓過一頓，可是每當想起在百貨公司被丟下的那次，我心裡都是怨，但我總是說服自己不能氣他們，他們當下不是故意的，他們心裡肯定都還記得我這個女兒，只是沒有多餘的手再牽起我。

我一定要這麼相信，才能繼續愛他們。

我們各站一邊，各有所思，我沒有先打擾方亦川，我在等他冷靜，但其實最煩躁的人是我，我知道自己差點就搞砸了方亦川的世界，我想著到底要怎麼跟他道歉比較能展現我百分之百的誠意，我想了好幾個開場，百轉千迴，始終沒有一個好的說法。

突然，他從盆栽後走出來，本來就在等這一刻的我，卻還沒有做好心理準備，就這樣跟他面對面碰上，他很訝異地望著我，很意外我居然在這裡，我下意識地想把最重要的一句話說出來。

我劈頭就對他說：「剛剛對不起。」

他打量我，非常不以為然，「打探別人隱私讓妳很快樂是嗎？看到別人去面對他最不想面對的，讓妳覺得自己高人一等嗎？讓妳扭曲的心裡感到一點安慰嗎？」

「我沒快樂，也不覺得自己高人一等，更沒有得到安慰，是我自以為是，是我的問題，你要怎麼罵我，我全部接受，我只是覺得方博昱很可憐而已。」

他冷哼一聲，「妳果然很了解自己，自以為是到了極點。方博昱有什麼好可憐的？」

「他想要你這個哥哥，但你不要他。」

「他有了我媽，還需要我這個哥哥？」

「你不覺得你說這樣的話很牽強嗎？重點是你根本不是真心這樣認為！你其實並沒有自己想像的那麼討厭方博昱，如果你的心夠狠，那你只需要知道他的帳號，每個月固定匯錢進去，就算是完成你的責任，但你沒有，你不是還調回臺北嗎？難道不是想離他、離你媽更近？誠實一點沒有罪，你何必把自己逼到這種程度？說服自己你一點都不關心？這樣你能得到什麼嗎？」

「快樂。」他說，然後眼神暗下來，把話說得很難聽，「看到方博昱求我去看她，我覺得很快樂，怎麼可以只有我痛苦？大家一起受傷才公平啊。」

「你不是這種人。」

「笑死人，這妳的口頭禪是嗎？搞得自己像是什麼心理專家，以為自己可以看透別人的一切，結果呢？看看妳自己，根本看不透張聖勇，還莫名其妙被冒用簽名，都快要負債了，還在那邊相信他會出現，妳真的好可笑，簡凌菲，妳有空管別人的事，先想想自己怎麼還錢吧，我看張聖勇是不會出現的，這世界上沒有奇蹟也沒有童話，妳的信仰只是不肯面對現實的笑話，天真。」

「我沒有不肯面對啊！現實就是還錢，如果你們公司可以讓我分期付款，我就慢慢還，如果不行，我就去借高利貸，反正爛命一條，該怎麼辦就怎麼辦，我不會欠你。」

他憤怒地瞪著我，「愚蠢。」

「這麼糟蹋自己，我也沒有覺得你多聰明。」

「妳再給我說一次！」

「我說你口是心非，明明就很想見你媽媽，卻還要假裝自己不在乎，真這麼瀟灑，你剛是在這裡哭屁？誠實面對自己沒有那麼難。」

「妳才是全天下最會自欺欺人的人好嗎？笑死人，都幾歲了還被男人騙，還在為對方講話，妳就是詐騙集團下手的對象，誰要認真對妳付出？用騙的就會到手了。」

這句話真夠傷人，我壓抑想哭的衝動，告訴自己不能輸，「對，我就爛，我就容易被騙，當人小三還幫男友負債幾百萬，但你要我再選一次，我還是會做一樣的決定，至少我勇敢付出，我願意承擔，那你呢？成天臭著一張臉，好像全世界都欠你一樣，畫一條線把所有人都隔在外面，你這不是保持距離，你只不過是膽小！」

我們兩人罵得渾然忘我，我差點就衝過去揪住他的衣領，想要搖醒他，但還好我沒有這麼做，因為此時此刻已經引來不少人的圍觀，包括方博昱、他阿姨，還有海洋、一銘、品潔，我跟方亦川看向他們，尷尬到只想去撞牆。

幸好海洋很識相，只是對我說：「一銘買了不少吃的，在妳床頭邊櫃上面。時間也晚了，我們先回去休息。對了，妳要記得跟公司請假，三、四天沒去上班了，我本來想打電話幫妳請假，但想想還是妳自己來比較好……」

「不用了，我被留職停薪了。」

眾人驚呼，方博昱緊張地問我，「學姊，所以主任說在外面私接兼職的事是真的嗎？」

海洋不肯相信，「怎麼可能？美蘭寓所根本沒有付薪水，哪能算兼職？」

我看了品潔一眼，還在想該怎麼解釋比較不會把事鬧大的時候，品潔已經倒抽口氣，抓著我問，「不可能是上欠介紹妳去給董娘她們上課那件事吧？但妳根本也沒有收錢啊，錢還是我拿去還董娘的。」

我一想，馬上詢問品潔，「妳有可能拿到完整的監視器畫面嗎？因為舉報的畫面就停在董娘拿錢給我，後面我拿錢給妳的部分都被剪掉了。」

這時藍一銘開口了，「不對啊，是誰故意用這種監視器畫面去害妳？」

「對啊，那棟豪宅很重隱私也很嚴格，監視器內容是不可能流出去的，裡面也沒有誰跟妳有仇吧？我跟董娘解釋完之後，她也沒有怪妳啊，頂多覺得妳不賺很蠢而已……」

我看了方博昱一眼，心知我沒辦法隱瞞下去，得想方設法挽救自己的工作，我有負債，而且沒有存款了，眼前我最需要的就是一份穩定的工作，於是我對品潔說：「我猜是董娘的女兒貝貝……」

我看向方博昱，眾人眼光都落到了他身上，他這才恍然大悟地倒抽口氣，「天啊，貝貝之前誤會我跟學姊有什麼，還在單位鬧了好幾次，所以是她故意拿剪接的監視器內容舉報學姊？」

「我沒有證據，這只是我的揣測，但我也不在乎到底是誰舉報，都不重要了，我只想要拿到完整的監視器內容，證明自己的清白，然後回去繼續工作。」

品潔一想，拍了拍我，「說來說去都是我害的，我馬上去找董娘談。」她說完馬上跑走，我嚇得推推海洋跟藍一銘，「快跟品潔一起去，要是她太衝動，惹火董娘就慘了，她需要那個董娘的資金，才會想替董娘找個瑜伽老師……」

這時海洋跟藍一銘已經轉身追上品潔了。

然後我轉頭對方亦川說：「你也一樣，你要查議員跟主任之間的事，我沒有意見，但不要拖自己弟弟下水，他好不容易才考上公務員，有個穩定的工作，沒人阻止你當英雄，可是害自己弟弟當夾心餅乾一點也不帥。」

方博昱錯愕地看著方亦川，也看著我，還在試圖搞清楚到底發生了什麼事，但每件事都要解釋的話就太累了，讓方博昱跟方亦川自己去談。

我把想說的話說完，轉身回到自己病房，桌上滿滿的都是一銘買回來的食物，但我根本沒有胃口，床上也躺不住，決定起身下床，走到醫院中庭看星星，但他媽的，哪裡有星星？連它們都在躲我，就像我的手機訊息一樣。

家裡的群組安安靜靜，沒有半個人打電話找我。

沒有得到我的同意，在這種不用見最後一面、不到要死的狀況，海洋是不會主動聯絡我爸媽的，她知道老人家擔心起來會有多可怕，要不要告知家人，她會交給我自己決定。

所以，我也不怪他們對我不聞不問，畢竟各人有自己的生活，我哥忙著應付大嫂跟女兒；我妹忙著把雙胞胎丟給別人照顧、抱怨自己有多辛苦；我媽的感冒應該也好了，現在專心照顧我爸。

我好多餘，生病出事的我更是多餘，就沒什麼好說的了。

這時，我的手機震動了一下，我滑開一看，是我妹夫傳來的，他說：「二姊，這星期六是媽媽生日，我們訂好餐廳了，是媽媽愛吃的上海菜，中午十二點見，妳一定要來喔。」

我看著訊息苦笑，居然是我妹夫傳訊息來，我大概可以想像他跟我妹爭執的畫面，肯定是先好聲好氣地勸說我妹，「妳就傳訊息給姊姊說一聲就好。」我妹抵死不從，「憑什麼？她對我態度那麼差，我才不想跟她講話。」我妹夫又會繼續勸，「那妳請大哥跟二姊說一聲。」我妹一定氣炸，「我哥要講不會自己講，幹嘛還要特別提醒他？笑死人，他有家庭，我們沒有嗎？老婆奴真是悲哀。」然後我妹夫就會妥協，「難道叫爸媽傳嗎？這媽媽生日耶。」

我妹就會撂一句，「你不會自己傳喔。」

於是，我就得到了我妹夫傳給我的訊息，不意外，他們在上演什麼樣的劇本，我大多可以猜透。

我深吸口氣，突然一點都不想去參加我媽的生日餐會，光是想到我得一再討好，我媽才會氣消，才會願意原諒我那天放她鴿子，沒有去醫院陪我爸，然後還要唸我好幾次，電話是不會打了嗎？不是說要再打給我？為什麼只打一通人就消失了？

好難，當這個家的二女兒為什麼這麼難？

我根本不想道歉，我也不想討好，四十年來都過著這樣的日子，我有點倦了。

我獨自在長椅上發呆時，突然有人坐到我旁邊，我嚇了一跳，原本以為是陰魂不散的方亦川，但沒想到轉過頭去，卻是方亦川的阿姨，她有些羞赧地朝我點點頭，「不好意思，打擾到妳了嗎？」

「沒有。」我說。

氣氛陷入一陣尷尬，阿姨過了好久才問，「看起來妳跟博昱還有阿川都認識。」

事到如今也沒有什麼好否認的。

「嗯，方博昱是我們單位的新人，方亦川算是客戶吧。」嚴格算起來，還是我的債主呢，「反正就滿巧的。」

「我是他們們兄弟的小阿姨啦，謝謝妳照顧博昱，他有跟我說遇到很好的前輩，什麼都很願意教他，也很關心他。」

「應該的，公事公辦。」我們兩人對看一眼，又是尷尬笑笑，阿姨看著我，小心探問，「妳跟他們兄弟倆很熟嗎？」

「還好。」

「所以妳不知道他們之間的事？」

我本來想回「我應該要知道嗎」，但這句實話有點嗆，我是個尊重長輩的人，於是我搖搖頭，微笑，「我只知道方亦川隨時隨地都有點不爽，對方博昱也挺不客氣的，我至少聽他說過『反正我只付錢，其他的事我不想管』這句話五次吧。」

「他以前不是那樣的孩子。」阿姨為他澄清，我也相信他以前可能不是，但社會就是個超級大染缸，他已經被上色了。

「我阿姊十八歲的時候有了阿川，為了給兒子一個健全的家庭，是她拜託先生跟她結婚，但那時候大家都年輕，阿川爸爸心還不定，賺的錢就是跟朋友喝酒玩樂花掉，偶爾還會跟我阿姊要錢，阿川可以說是我阿姊單獨撫養大的，他十歲的時候就拜託我姊離婚，但那時候我那個沒用的姊夫，已經只靠我阿姊在養，怎麼可能放她走，我阿姊為了安撫阿川，答應他一定會想辦法離婚，到時候母子倆可以重新過日子，所以阿川很努力，念書都拿獎學金，就為了以後讓我阿姊過好日子。」

「感覺得出來他很聰明。」

「阿川一心希望我阿姊離開吃軟飯的姊夫，時不時就問什麼時候要離婚，有一次被我姊夫聽到，差點拿刀子砍阿川，覺得他吃裡扒外，好在我阿姊攔下，但我姊夫自從知道阿川想勸阿姊離婚，就會在阿川沒看到的時候打她，打得她全身是傷，阿川報了警，還要我阿姊驗傷，求阿姊一定要跟姊夫離婚，我阿姊也受不了，下定決心要告到底，誰知道驗傷的時候發現居然有小孩了，就是博昱，我姊夫求阿姊不要離開他，說會為了還沒出生的孩子改過向善，所以阿姊打消了離婚的念頭，阿川覺得自己被媽媽背叛，後來就一直在高雄念書工作，一開始還偶爾會回家，但看到爸爸虐待媽媽，最後阿川就乾脆不回來，連前幾年他爸死的時候，也沒有出現。」

真是難以消化的家庭關係，「所以他恨這個家，恨媽媽也恨弟弟？」

「阿川覺得阿姊不應該懷孕，更不應該生下弟弟，這樣就不用多吃那麼多年的苦，對阿川來說，阿姊就是更愛弟弟，才會把自己搞成這樣……」

我重重一嘆，不知道該說什麼。

阿姨也抹抹眼淚，「好不容易博昱考上公務人員，阿姊應該要享福了才對，結果她前陣子突然中風昏迷不醒，住了好幾天的加護病房。阿川雖然調回臺北，但也不肯來看阿姊，阿姊真的很想阿川，沒有想到他會出現在阿姊的病房，阿姊到剛剛都還在哭，她好久沒有看到兒子了……所以謝謝妳。」

「不要謝我，我根本沒做什麼。」我只是讓方亦川更討厭我。

我不知道方亦川有這段過去，要是知道他曾經目睹母親的隱忍、父親的殘暴，我根本就不會如此魯莽地要他面對，這到底是要怎麼面對，光聽我頭都痛了，我還說他對方博昱很冷漠，但換作是我，又要怎麼熱情？但方博昱也是無辜的啊，被生下來也不是他能決定的，這段關係沒有誰對誰錯。

方亦川的母親深愛他跟方博昱，而身為兒子最怕看到媽媽受苦，雖然讓她痛苦的人是父親，可對那時候年紀還小的他而言，母親選擇了博昱，就像我爸媽在緊急時候拉走了我哥，帶走了我妹，把我留在原地，頓時，我也能體會方亦川被留下的無助跟憤怒。

沒被選擇的人，怎麼能夠不傷心？

不聽還好，一聽阿姨講完，我覺得我又更罪過了。

阿姨拍拍我，「我還以為我阿姊死的那天，阿川才會出現呢，謝謝啦。」阿姨說完離去，而我都還沒感嘆完自己的罪過，又有人坐到我旁邊了，是方博昱，我看著他，直接對他翻了個大白眼，「我上輩子是欠你們兄弟什麼？」

「我知道主任叫妳勸我哥的事了。」

「你哥肯跟你說了？」他點了點頭，「原來那袋錢這麼髒，不好意思，學姊，我還是拖累妳了，妳是為了保我才跟主任槓上的……」

「不要有這種錯覺，你沒有那麼重要。」

「但是……」

「閉嘴，我不想談這件事了，不是千交代萬交代，要你裝傻到底嗎？你現在又拿出來一直講，就是根本沒有在聽我說話。」我淡淡說完，而方博昱安靜下來，不敢再多說一句。

過了一會兒，他才開口：「我會去找貝貝談一下。」

我馬上制止，「拜託你別去了，等等她又以為我跟你哭訴，她只會更討厭我，你現在就是顧好你自己的工作，你還有媽媽要照顧，我的事不用你來操心。」

他仍是一臉抱歉的黃金獵犬表情，我看著他，重重地嘆了口氣，「不要拿別人的過錯來懲罰你自己，貝貝歸貝貝，我沒有怪你，更何況你也不用小心翼翼地討好方亦川，你是無辜的，根本不用看他臉色，但可以給他一點時間，我不確定他會不會想通，如果會，就當你撿回一個哥哥，如果這輩子想不通，損失的會是他。好好照顧你媽，我回去休息了。」

我起身緩緩回到病房，大概是剛才用腦用度，一躺回病床，我整個人就睡翻了，睡到海洋來叫醒我，我才睜開眼睛坐起來，一度以為自己睡掉了兩天，但其實並沒有。

海洋告訴我，已經替我辦好出院手續，剛才醫生和護理師都有來檢查過，一切都很正常，她就想說她先整理東西，讓我多睡一下。

我向海洋道謝，但她對我的客氣感到有些不開心，淡淡地說了一句，「我知道妳現在沒力氣也心情不好，等過一陣子，我再好好跟妳談。」海洋就是很懂得事情的輕重緩急，知道我現在想說什麼不想說什麼，反正很多事不用我多說，她也能從品潔那裡得知。

於是藍一銘跟她送我回家，替我把冰箱補滿，我突然覺得不對勁，這個空間好像少了什麼，於是我發現，本來放在角落的那幾個箱子已經不見了，我心頭一凜，看向門口掛鑰匙的地方，屬於聖勇的鑰匙圈好好地吊掛在那裡。

我拿出手機滑著，沒有任何聖勇的訊息，他連再見都沒有說，就在我住院的時候，不知道是逃難似地搬走他所有東西，還是曾經等過我，只是沒有等到，最後只能離去。

我不知道當時是什麼情景，因為他什麼都沒有說，我好洩氣，我好生氣，難道「我的相信」就像方亦川說的那麼不值錢嗎？從頭到尾，方亦川罵我的天真都是成立的，這讓我感到前所未有的難堪。

好丟臉，我到底要信錯幾個人？

有些人走了，不說再見，是沒打算再回來。我再次為自己的愛情買單。

好笑的是，這次還造成我巨大的負債。

海洋看著我的神情變化，大概也清楚發生什麼事，她一句話都沒有說，她很清楚我現在最不需要的就是安慰，便先帶著藍一銘離開，留給我一個可以崩潰的環境，我沒有哭，只是絕望到底。

我做好心理準備，傳了訊息給方亦川，告訴他張聖勇回來過，東西也都搬走了，看起來是沒有打算要面對他留下的債務，我會想辦法證明那個簽名與我無關，但在這之前，身為連帶保證人的我，得跟他們公司進行和解，或是走下一步法律程序。

過了很久，他才回了我一句，「我跟公司討論後再跟妳確定。」

走到人生的下半場，我依然輸得徹底，連哭的力氣也沒有，我躺回床上，在上頭賴了好幾天，病過了，病毒再也對我起不了作用，我很健康，就只是失眠，偶爾看著品潔傳來的訊息，要我別擔心，她一定會好好跟貝貝談，讓她把完整的監視器畫面交出來。

我相信品潔一定很努力，可是突然間我又想，我真的非得要靠這份工作才能活下去嗎？不穩定又怎麼樣？不能領退休金又怎麼樣？我去便利商店打工、兼職當瑜伽老師，一樣能過日子啊！

但下一秒，我腦海閃過爸媽失望的表情，對他們來說，有個當公務員的女兒，讓他們很有面子，我像是傳承我爸的衣缽。無論如何，穩定才是一切的根本，我想到他們得知我考上公務員時的笑容。

那個想去便利商店打工的決定，馬上就消失得蕩然無存。

我已經是個不被疼愛的孩子，要是我連這最後一點值得說嘴的優勢都沒有了，我不知道我爸媽會怎麼看待我，或許有人會認為，妳已經四十了，不用咬著奶嘴遵從爸媽的期待，可是無論我今天幾歲，就算七老八十了，他們仍舊是我的父母，仍會在他們心中刻著我該有的樣子。

我應該要灑脫地大吼「我不要這些倫理的束縛，我恨透別人的眼光，我他媽的早就不應該在乎」，但我就是做不到，我人生的弱點把我吃得死死，很多書上內容對我說：「親愛的，妳有選擇的！」

對，我有，我選擇了壓抑自己，想要保持這一切的平衡，我很努力地希望我的世界和平，無論再讓我選幾次，我都是一樣的答案，我生來就是這樣的人，活了四十年也沒變，想想也是好笑，我才是那個全天下最懂得保持初心的人。

我就在自責自怨自艾之中無限循環，我拒絕了海洋的陪伴，要她好好過她的生活，她有很多工作，也有需要照顧的人，我不會再讓自己生病，我只是比平常需要更多獨處的時間，我得先處理我面對世界的情緒，才有力氣站起來。

不管是抗爭還是消極。

但在此之前，我得先練習好好呼吸，至少可以好好地活下來再說。

很快便到了我媽生日這天，我尋思各種不出席的理由，想回訊息給妹夫，最後我接到我哥打來的電話，說話的人不是我哥，而是悠悠，她輕聲喊我，說她好久沒有見到我，非常想我。

我被一句「好想看大姑姑」迷惑。

所以我出門了。我被服務生帶到角落的大圓桌，大家都到了，我是壓軸，我點頭跟大家打招呼，妹夫熱情地喊我入座，我媽還在氣我，把我當空氣，我妹也只顧著逗自己兒子，沒打算跟我說話，場面瞬間尷尬，大家都不講話。

幸好悠悠坐在我旁邊，她跟我聊著班上的事情，哪個男生又欺負女生，哪個男生說喜歡她，但她討厭他。因為有悠悠，我不至於感到窒息，關心了一下我爸的手，他邊吃邊說已經沒事，可以挾菜了，然後我終究先低頭認輸，詢問我媽，「身體好多了嗎？」

「是能好到哪裡去？」她看都沒有看我，就這樣回答。

我大嫂看了我一眼，開口問，「妳最近是在忙什麼，那麼少回家？以前爸媽不舒服都是妳在照顧，怎麼這次罷工啊？誰惹妳不開心嗎？」我大嫂就是這樣，要說她講話不經大腦也不是，她怎麼會不知道自己在加油添醋，但我沒有要回她嘴，我不想沒事又把火升起來。

我妹倒是聽了有點不爽，「大嫂，講真的，大家都說我這媳婦當得很爽，我覺得妳才有福氣，嫁給我哥，我沒看妳拿過一次掃把，吃完飯也是我哥在洗碗，平常頂多看妳用掃地機器人清清妳的房間，但再怎麼樣，爸媽的事也應該幫忙分擔一下吧？」我妹並不是為我出氣，純粹是看大嫂日子過得逍遙，找機會發洩。

接下來我疼老婆的大哥就出聲了，「妳回家不也跟廢物一樣躺在按摩椅上，是有什麼好說妳大嫂的？要不是那天我有工作，沒辦法請假，也不會拜託妳去醫院接爸媽回來，搞得好像事情都妳在處理一樣，妳少沒事把孩子丟回家裡，爸媽就輕鬆了，還好意思說。」

我爸放下筷子，語氣頗為不悅，「今天你媽生日，大家難得出來一起吃頓飯，一定要這樣一句來一句去，斤斤計較吵不完嗎？都幾歲了，還在吵這種事，丟不丟臉？」

這時我媽看著我說，「妳也知道妳哥跟妳妹很忙，妳要是能多分擔一些，他們有需要吵架嗎？到底是交了什麼男朋友，讓妳爸爸生病都不顧，也不出現，我這幾天在家躺著，妳就只有一通電話，像樣嗎？」

我不意外我媽這樣說，我也是習慣了，反正在三個孩子中找個人來怪總是最省事的。

「真的就是臨時有很多事，對不起。」我說完繼續替悠悠挑魚刺。

然後我妹又說：「我已經幫爸媽報名去馬爾地夫玩了，當作是媽的生日禮物，她這幾天照顧爸，自己又生病，太辛苦了，你們應該不介意大家出點錢，讓爸媽開心吧？」

大嫂聽了皺眉，「我們現在準備裝潢悠悠的房間，沒有那麼多閒錢。」

「給爸媽出國叫閒錢嗎？那是孝親費。」

我媽看到我哥有些猶豫的表情，連忙說：「我又沒有說要去，妳幹嘛自作主張？你們賺錢都很辛苦，我不去，不用了，妳快點取消。」

「媽，今天要是我說，是我全付，妳還會說賺錢很辛苦嗎？妳是捨不得讓哥出點錢吧？」

我妹吐槽的能力也是很強的。

「我哪有這樣！」我媽有些惱羞成怒地瞪著我妹。

我爸清清喉嚨，「馬爾地夫很貴的。」

「兩個人也才二十五萬，要去當然要好好享受啊。」

大嫂崩潰，「二十五萬？在開什麼玩笑？」

我妹卻沒打算休兵，「哥上次帶妳去杜拜坐頭等艙就不是開玩笑？反正我就報名了，也付訂金了，二姊沒有其他負擔，她可以多出一點，我跟哥一人出五萬，二姊出十五萬可以吧？然後今天午餐是一萬三，我跟哥一人三千，其他就交給二姊了。」

說完，我妹微笑看著我，以為我會像過去一樣點頭答應，我不是那種會替父母製造快樂的人，但我最大的優點就是會乖乖付錢，我爸媽開心最重要，我不會計較那幾萬塊。

可是現在的我已經沒有能力負擔。

於是，我開口拒絕，「媽生日這頓飯我出就好，但去旅遊的費用，我沒錢付。」

我哥一副我在開玩笑的樣子，「怎麼可能沒錢？妳沒小孩又沒結婚，家裡就妳過得最自由自在，錢存最多了。」

我妹也附和，「對啊，要是妳這麼穩定工作的人都沒錢，那我們根本就是窮鬼，媽六十八歲大壽，送她出國玩，有需要這麼小氣嗎？要不是上次妳跟我吵架，爸也不會受傷，媽也不會生病，連這點錢妳也不願意出嗎？」

我抬頭看著眼前的我的家人，我從來不曾計較對他們的付出，過去我也像是被他們洗腦一樣，對，他們沒有說錯，我沒有家累，我也沒有追求名牌，我的確存過不少錢，但大部分都花在家人身上，每個月給孝親費的人只有我，家裡重拉水電是我付的，我哥新房裝潢是我出的，客廳裡的沙發電視也是我在換新的，就連我妹哭鬧著想住高級月子中心，覺得生雙胞胎很偉大自己值得，可偏偏我妹夫剛成立補習班沒錢，我也是自掏腰包供我妹享受，甚至要妹夫別告訴我妹。

大大小小的支出，再加上我哥三不五時跟我借錢，還有給我媽一些私房錢，請問我一個月是賺十萬嗎？還是二十萬？可以讓大家這樣予取予求？

我深深嘆氣，覺得再也負荷不了這樣的親情，就算我註定是不被疼愛的那一個，我也不想再當繼續付出的那個了，我在這個家裡，就像是單戀。

「我是真的沒錢，沒有要推託，我為家裡花了多少錢，大家都心知肚明，還有跟我借錢的我也不多說了，我很抱歉因為我單身，所以讓大家覺得我是全天底下最閒的人，家裡需要支援，媽永遠第一個叫我請假，就算我住在外面，我也得把自己當成家裡的一分子，可是家裡卻沒有打算為我留一間房，那也沒關係，我就只問一句，你們誰曾經關心過我一句，最近工作還好嗎？在外面有沒有好好吃飯？」我看著所有人安靜的表情，不禁感慨地苦笑，「沒有人，沒有……爸看到我就是那句，去幫我泡杯茶，媽看到我就是抱怨家裡所有的事情，我偶爾也想好好地當一個女兒，發洩我工作上的壓力，也希望能在家裡得到一點安慰，可是我在你們心中好像是個沒有感覺的人。」

我妹聽著我難得的傾訴，可能覺得我在無病呻吟，煩悶地反駁我，「是妳想太多了吧，妳有困難就講啊，我們會說什麼嗎？」

於是我對她說，「我剛不是說了我沒錢嗎？但妳說是我不願意拿錢出來，我在你們大家心裡就只是一台穩定的提款機嗎？大嫂也問了，我最近在忙什麼，怎麼沒有回家，妳是想問我怎麼沒有回家當佣人吧？打掃客廳、洗浴室、整理廚房清抽油煙機……這就是你們關心的方式？我的確工作了很多年，也很努力存錢，只要家裡開口，我哪次沒有拿錢出來？我到底還要做到什麼程度，才配得上是你們所謂的家人？」大家安靜不語，我也整個豁出去了，「我最近沒有收入，因為有人檢舉我兼職，目前留職停薪，連賺錢的機會都沒有了。我就問一句，你們有人要養我嗎？」

瞬間，所有人都倒抽一口氣，我繼續說，「海洋都說我瘦了很多，但你們沒有人看出來，我這個嫁不出去的女兒，這個因為單身所以得分擔比你們多的妹妹跟姊姊，借了快一百萬給創業的男友，然後他現在消失得無影無蹤，甚至冒充我的簽名，我可能就要背上四百萬的債務，我無能我沒用，我承受了極大的壓力跟痛苦，我以為我會活不下去，可是老天爺還是讓我繼續呼吸，現在我只有十五萬的存款跟一屁股債，我卻從頭到尾都沒有想過要跟你們任何人開口，就因為我愛你們，我不想讓你們擔心，我還是想成為爸媽心裡那個乖巧的女兒，但你們有在乎過我嗎？沒有，真的……沒有，我人生最大的誤解就是，以為孝順就能得到很多愛，但我錯了，父母是真的會偏心的，可惜我不是那個可以讓你們偏愛的女兒，從今天開始，我也不再強求了，現在我什麼都沒有，但你們放心，我不會造成你們的困擾，我的債務、我闖的禍，不會影響到你們任何一個人，甚至，你們出門也不用承認我是你們的女兒或家人。」

我站起身，對著我爸媽說：「謝謝你們養我長大，我頂多只能謝謝你們這件事而已。」

接著轉頭告訴我哥，「你欠我的錢不用還了，不要再讓媽擔心你就好。」然後再看向我妹，「妳曾經對朋友說我也沒對妳多好，那時候我躲在房間裡哭了很久，哭完之後，我發現就算妳嘴再壞，我還是只想疼妳這個妹妹，大概是我犯賤吧。」說完，我自己都覺得好笑。

然後我拍拍悠悠，她緊拉著我，「大姑姑還沒吃飯，妳要去哪裡？」

「去一個不會再讓我難過的地方。」

悠悠突然從她的小包包裡拿出我送給她的咧嘴娃娃，「那這個給大姑姑，妳去那個不會難過的地方，當一個愛笑的人。」我接過娃娃，緊緊抱了她一下，「謝謝妳。」

我站起身，看著所有人因為我的發言而錯愕呆住，在他們的認知裡，我可能就是個被騙財騙色又負債一堆的蠢貨，他們連罵都不知道該怎麼罵，但不重要了，不管他們罵不罵我，我都不在乎了。

能把所有的事都說出來，我覺得自己像是重新活了過來，有勇氣面對接下來的日子。

我可以扛得住我自己。

我離開座位，然後走向櫃台付錢。這時我看到方亦川跟阿姨正坐在一旁的位置用餐，阿姨大概也被我的爆炸性發言嚇到，方亦川則是當作沒有看到我，低頭喝湯。

這一刻，我多感謝他對我的無視，讓我能挺起腰桿走出餐廳。

那些得不到的愛、討不來的在乎，
就讓它們留在原地吧。
我不回頭了，肩膀要留著扛起明天，
僅有的光，我只用來照亮我自己。

Chapter 10

沒關係，
我可以用最慢的方式，
一點一點，將自己從爛泥裡挖出來，
我終將還是可以成為我。

我走在路上，感覺身後有人跟隨，我連頭都不用回就知道是誰。

我看著前方，開口詢問身後的人，「要幹嘛？」

他隨口回應，「我正好要去停車場。」

這種理由連幼兒都不會相信好嗎？明明方亦川就跟他阿姨在吃飯，最好是我走出來，他剛好也吃完飯要離開，還這麼順路要去停車場。我輕嘆口氣，仍舊不看他，丟了一句，「我看你是跟蹤我吧。」

他馬上氣不過地站到我面前，「誰那麼閒啊！」

我打量著他，很明顯看得出答案，不就你嗎？我停下腳步直接問他，「你跟出來是想安慰我？」

「我才沒有那麼閒。」

「還是想出來笑我，自己家裡也亂七八糟，還雞婆管你家的事？」

「我又不是吃飽撐著。」他一臉覺得我想太多地冷笑一聲。

「喔，那就是想跟我討論債務怎麼還囉？」

「今天假日，不說公事。」他回我。

於是我看著他，一瞬不瞬地，原本他也回看我，我們兩人眼神對峙，最後他被我看到有些不知所措，清清喉嚨問道：「妳這樣一直看我是什麼意思？」

「那你一直跟著我又是什麼意思？不要再說什麼順路、再找一堆藉口，聽了很煩，誠實一點會死嗎？把自己心裡的感覺講出來會要你的命？你現在肯定很同情我，覺得我在家人面前把最丟臉的事全部講出來，以後怎麼在家裡立足，我就是個可悲仔……」

我還沒有說完，他就冷著臉打斷，「我從頭到尾沒有那個意思，我確實不是什麼好人，但我不至於取笑別人的悲傷。」

「我看起來很悲傷嗎？」

「看起來很可憐。」

「那你還擋在這裡幹嘛？是不是應該讓我回家，好好休息一下？」

「要不是我阿姨擔心妳會出事，我也沒有很想跟上來。」

「你誰？你方亦川耶，連自己弟弟媽媽都不想管的人，居然會因為阿姨的一句話跟在我後面？我是誰？我就是個欠你們公司錢的債務人，對你而言就是個神經病大麻煩，你有必要對我這麼善良？」

「一開始認識妳的確很討厭妳，但現在……」

「同情我？」

「有那麼一點。」

「哇，你馬上就變這麼誠實了。謝謝你的同情，但我不需要。」

「我知道，但我也有點敬佩妳。」他突然這麼說，我有點驚訝地看著他，然後忍不住笑出來，「敬佩的點？」

「可能是妳一個人ＫＯ全家，讓我覺得妳有點酷吧。」

「謝囉，我也這麼覺得，我現在心情其實很輕鬆，也不覺得有什麼難過還是壓力。幫我謝謝阿姨的關心，但既然你能對我一個陌生人這麼善良，也拜託對方博昱好一點。」

方亦川沒說話，我輕嘆一聲，「就當作粉絲服務一樣，不行嗎？」

「什麼意思？」他一臉好奇。

「看不出來方博昱很崇拜你嗎？如果你肯回頭看看他，你絕對會看到他用一雙黃金獵犬的眼神跟著你，你只要丟一根骨頭，不管多遠，他都會咬回來給你，有個這麼喜歡你的弟弟，多少值得開心吧？」

我說完，而方亦川沒有接話，我忍不住再多嘴兩句，「我是覺得他很無辜啦，你一個哥哥把氣出在他身上，實在沒什麼道理，你自己心裡肯定也清楚，但就是拉不下臉，對吧？」

「妳又知道了？」

我聳聳肩回應他，「你可以當我不知道啊，當我沒說，當我剛剛在對牛彈琴，反正你就跟牛差不多固執、耳朵硬、難溝通。一輩子很短，才一轉眼我都四十初了，我就是因為想把剩下的日子過好才豁出去的，希望你不要後悔，你也沒有多少時間了。」

「講得好像我要死了一樣。」

「誰知道？棺材是裝死人又不是老人，反正，謝謝啦，不管是我那時候腳扭到，還是後來昏死在家裡，謝謝你送我去醫院，但就算這樣，我對你的印象也還是不太好，但做了值得稱讚的事，就可以誇誇。」我伸手拍拍他後，攔了計程車離開。

我從後視鏡看到方亦川目送我離去的樣子，好啦，今天他沒有那麼討厭。

結果屁股還沒坐熱，我就接到品潔的電話，風風火火地喊，「簡凌菲！妳馬上來H飯店，用最快的速度。」

「幹嘛？」

「陪我喝下午茶。」

「我好累，很想回家休息。」

品潔沒有給我拒絕的機會，「那我去妳家接妳。」

「藍品潔！」

「不要吵，馬上過來就對了，絕對要來，不然我會殺了妳。」她突然發狠威脅，然後秒掛電話，我不是怕死，我是怕她年紀輕輕要為了我坐牢，有點可惜，所以我只能請計程車司機調頭，迅速趕到飯店跟品潔會合。

她今天穿的沒有那麼浮誇，很簡單的襯衫牛仔褲，妝容也自然清新，我有點意外，看了她好幾眼，「妳今天這樣很漂亮耶，妳根本不用化濃妝，現在看起差不多二十八歲而已。」

我說完笑了笑，她則看了我一眼，「不要笑，我現在很嚴肅。」

她說完拉過我的手，往飯店內一間裝潢氣派又高雅的餐廳走去。我第一次來，看著經過的座位，每張桌子上都放著精緻到不行的甜點塔，這種貴婦下午茶，少說一客也要兩千吧……

我這個鄉巴佬還在逛大觀園的時候，品潔突然停在最內側的桌位旁。我才剛回過神，想看清楚眼前狀況，便見品潔拿起桌上的杯子，往某個女人的頭上淋去。我倒抽口氣，全場反應都跟我一樣。

啊——

然後我看到那個被淋得滿身溼的女人跳起來，抬頭氣呼呼地嗆品潔，「妳有病嗎？」居然是小學妹貝貝！她今天的眼線沒有防水，妝花得超可怕，然後我才注意到旁邊還有董娘，以及上次一同上課的另外兩位貴婦。

大家都瞠目結舌，董娘哪捨得女兒這樣被欺負，伸手就要呼品潔耳光，但我下意識地伸手抓住董娘，「不要打我朋友。」

董娘費了好大一番力氣才掙開我的手，氣急敗壞地罵，「妳們到底在搞什麼？一來就這樣潑人家飲料，教養呢？品潔，妳太過分了吧，好歹我們都要是合作夥伴了，妳這樣欺負我女兒對嗎？」

品潔也是氣勢不饒人，「我給過貝貝機會，私下找她談過兩次，就是不想打擾您，只要她把真相交代清楚，我相信凌菲不會計較，但她當耳邊風，我只好來這裡讓妳知道，妳這個女兒有多糟糕！當初凌菲來試教瑜伽課，後來錢我也退給妳了，結果她因為暗戀凌菲工作上的後輩，誤會兩個人有什麼，就跟你們大樓警衛要了監視器，故意剪到凌菲拿錢的畫面，向她的工作單位檢舉她兼職，害得凌菲留職停薪！是啦，妳真的很有錢，我也很需要妳的資金，所以我委屈求全，盡量達成妳的願望，靠！老娘不是阿拉丁耶，真的沒有誠意合作的人是妳吧！既然這樣，我也不需要了，但貝貝欠凌菲一個道歉，她必須要負責，這口氣不幫凌菲出，我還有什麼臉說是她朋友？」

我被品潔的一番話搞到眼淚要飆出來，她是真心把我當作朋友，而過去我卻因為自己的錯誤，而對她感到歉疚及抗拒，我這麼討人厭，怎麼值得她真心對待？

董娘聽了有些意外，看著自己的女兒質問，「品潔阿姨說的是真的嗎？」

「是又怎樣？我就是看那個老女人不爽啦！」貝貝指著我罵，「要不是她，博昱學長才不會對我這麼凶，她還跟學長在公司外面摟摟抱抱，甚至靠在博昱學長的肩膀上面，賤女人！」貝貝發洩地罵著。

「貝貝！淑女是可以這麼講話的嗎？」董娘氣唸。

「對這種人為什麼不可以？裝什麼堅強獨立，用這招來勾引男人，學長還比她小那麼多歲耶，沒見過那麼不要臉的人，搶走博昱學長就該死，這種老女人這種平凡人就不應該存在啦！」

貝貝吼到全餐廳喝下午茶的人都看向她，董娘氣不過，就要打她一巴掌，我也很想看見貝貝受教訓，但我就是瘋了吧，我下意識地伸手把她拉到旁邊，結果自己來不及閃，那巴掌掃過我的臉頰，又麻又辣。

全部的人傻眼，我自己也是，我根本不想替貝貝挨這一下，但我始終覺得，在大庭廣眾之下，這樣教育孩子不是什麼好事，我不能說董娘教育失敗，因為有時候真的是小孩子自己的問題，可無論如何，不管是誰都需要尊嚴。

我要的只是一個公道，並沒有想看誰被教訓。

品潔連忙拿起桌上冰涼的杯水替我敷臉，「妳幹嘛幫她擋？」

「我沒想擋，只是來不及閃。」

「痛嗎？」

這巴掌算得上痛嗎？比起最近經歷的種種，我只能搖頭。

然後我看著貝貝跟董娘，「妳們都很清楚事實的真相是如何，妳們當然也可以繼續不理不管，反正我這種平凡人的命，對妳們來說根本一點也不重要，妳們心裡一定覺得，我能不能回去工作，才不關妳們的事，沒關係，我可以忘記貝貝對我做的事，但從今天開始，忘不了這件事的人會是妳們。」我看著貝貝，不是要詛咒她，而是說出事實，「妳會永遠記得自己曾經害一個人沒工作。」我再看向董娘，「妳也會記得自己的女兒如何陷害別人。」接著，對著董娘、貝貝，與她們生活圈產地的貴婦們說，「這件事會成為妳們心中的芥蒂，不是我的。」

這會是她們的陰影，就算她們不在乎，陰影仍會跟在她們身後。

這樣就夠了，於是，我拉走品潔，在飯店大門口緊緊地擁抱她，抱到她快喘不過氣來，她嚇得掙扎，「妳不要這樣，我還不想死，我快喘不過氣了。」我這才放開她，對她說了聲，「對不起，我差點就因為我的自卑心、我的內疚感而失去妳。」

「神經喔，我才要道歉，要是我當初不找妳來試教就沒事了，我真的很氣我自己，我被我哥跟海洋唸了好幾天，我真的不知道要怎麼辦才好。」第一次看到品潔有著她這年紀該有的無助感。

「妳擔心妳的電商就好，不要擔心我。」

「沒什麼好擔心的，頂多就是過一陣子現金周轉不靈的日子，想辦法再開發新產品啊，我根本不怕自己賺不到錢，我帶貨女王耶！還是妳要先來當我助理？我可以開跟妳現在一樣的薪水給妳。」

「不用，其實我覺得休息一下也滿好的，工作了十幾年，我除了出國以外，沒有好好放過假，就當是喘口氣也可以。」

「可是我本來還說妳可以跟我借錢還債，但現在我大概也沒有錢可以借妳了，妳不要去借高利貸喔！」

「我沒那麼有勇氣，但我相信事情會解決的，我的債主應該沒有那麼難商量。」

她想了想，恍然大悟地喊，「上次在妳家出現的那個方先生？」我點點頭，品潔突然拉著我說，「還是妳用身體還？我覺得他不錯啊，要是他愛上妳，搞不好可以幫妳解決一切債務。」

我大笑出聲，好久沒有笑得那麼開心，「妳真的是瘋子。」

「我是說真的，言情小說都這樣寫。」

我忍不住皺眉，「天啊，妳居然還在看言情小說？」

「當然，那是我的愛情寄託啊！是現實生活中沒有的東西，是我最後的慰藉。」她說得極度認真，我也只能點點頭表示支持，「請我吃飯，我現在很窮，我需要食物的慰藉。」

「那有什麼問題，走！居酒屋！約海洋跟我哥來如何？」品潔勾著我的肩提議，看似很擔心我會拒絕，但我點了點頭，在我人生的最低潮，是他們在我身邊，現在我好不容易感受到一點點快樂，我也想讓他們知道。

於是，我們這桌又成了最吵的一桌，好久沒有如此放鬆地吃吃喝喝，老闆送上不知道第幾瓶酒的時候問我，「他這次也沒來？」老闆口中的他是聖勇，我微笑點頭回應，「我們分手一陣子了。」

老闆瞪大眼睛，然後靜靜退開。

其他人沒有附和這個話題，聊著別的事，陪著我，讓聖勇這個人緩緩遠離我的生活。我們在居酒屋待了將近三個小時，最後藍一銘替我招了計程車，海洋送我上車時候，在我耳邊說了一句，「我匯了兩百萬到妳常用的帳戶裡，妳先用。然後雪曼姊叫妳別當公務員了，來美蘭當真正的瑜伽老師。」

我還沒回過神，海洋已經把車門關上，她說的話還在我耳邊迴盪著，我終究忍不住在車上大哭出聲，管他丟不丟臉，我哭到鼻涕都流出來。見狀，司機先生提醒我，「小姐，座位旁邊有衛生紙跟溼紙巾，然後，跟妳分享一首我覺得很好聽的歌。」

他把音量調大，蓋過我的哭聲，讓我自由自在地發洩情緒。

我總以為，人生這條路只能靠自己發光，在黑暗中，用硬逼出來的微亮撐著往前走。但後來才發現，其實一直有別的光照著我，只是它們不聲不響，有些藏在淡淡的鼓勵裡，有些藏在主動的溫暖裡。不是我一個人撐著，而是我太習慣獨自行走，忘了回頭看看，那些靜靜守在身邊的人，也正默默為我亮著。

靠夭啊，我超沒用地哭到了家門口，下車時，司機還對我說，「哭完就沒事了，祝妳事事順心。」

我多給了他一百塊小費，多抽了兩張衛生紙，猛擦自己的眼淚，才準備要走進大門時，我聽到有人喊我的名字，我整個人僵在原地，以為是我幻聽，然後那人又喊了一次，

「菲。」

我確定這不是幻聽，因為那聲音哽咽得太真實。

我緩緩轉過頭，看到鬍子沒刮的聖勇，他的眼神黯淡了，沒有那種「我想成功」的明亮，他終究是被現實打敗了。他走向我，接著朝我彎腰鞠躬，真真切切地說了一句，「對不起。」

我看著他的樣子，看著曾經愛過、鼓勵過的人，我其實根本就沒辦法責怪他，因為是我支持他去闖的，我不是不曾懷疑現實會不會將他攪碎，但身為女友，我無法狠下心潑他冷水，如果我吵著要他腳踏實地去做一份幾萬塊的工作，會不會結果就不一樣了？我不知道，人總是在吃苦的時候，才會清楚明白，強摘的果實不會甜，不管是哪件事。

可我也替他不甘心，這麼認真努力的人，為什麼沒有資格成功？

「你出現只是為了跟我道歉？」我反問他。

「我那時候真的以為會順利的，現金一定會到位。怕妳擔心，又沒有其他朋友可以幫忙擔保，才想說先簽妳的名字，反正付完就沒事了。」

「只是沒想到，現金永遠是你的難關。」我說。

他苦著臉點頭，「對不起！真的很對不起！我給妳的承諾不只沒辦法實現，我還差點害妳背了那麼多債務，我沒有要躲，我只是需要時間認清我這個人這輩子就是註定失敗的這個事實。」

我很想安慰他，但我不知道該怎麼開口，也無法再說更多。

「你現在出現在我面前，是想告訴我，你認清了？」

他點了點頭，「我回去拿東西的時候，本來想跟妳講清楚，但我沒有遇到妳，後來才知道妳那時候住院了，抱歉。」

「你怎麼知道我住院？」我問。

接著，我看到聖勇眼神朝我後方看去，我回頭一看，是方亦川，看來是方亦川跟張聖勇一起來的，連我面對一段失敗到結束的感情，方亦川也要參一腳，真的是謝了耶。

我深吸口氣問他，「你還好嗎？」

他紅著眼眶看著我，「沒想到妳還願意關心我。」

「因為我不知道要說什麼，我對你的消失感到很不高興，但想到你在躲債，我好像也能理解你為什麼選擇不聯絡，可這不代表我願意原諒你，你還是在我痛的地方捅了一刀，就算現在沒流血，我還是有受傷。」

「對不起。」

「記得嗎，我說過，對不起三個字講久了就是假的。」

「我是真的覺得很抱歉，讓妳失望讓妳難過，可是凌菲，我很愛妳，但我知道自己已經沒有資格愛妳，都是我的問題，我也不敢奢望什麼，我只是想說，妳不要擔心，債務跟妳沒有關係，方先生願意用二手價格買回他們的設備，我只需要補差額就行了。」

我聽了更心驚，「你哪來的錢補差額？」

聖勇深吸口氣，把最艱難的事說了出來，「我把事情全告訴我媽了，她為了我，把老家賣了，把欠的錢都還了，我們現在住在舅舅租給我們的房子裡，也在南投，我媽做的蘿蔔糕很好吃，可能跟她學來做點小生意吧，我要重新開始。」

聖勇說完，給我一個小提袋，我看了一眼，裡面是幾疊現金，「這是我欠妳的錢，錢我還得清，但我欠妳的恩情，這輩子可能還不了。」

「把日子過好就沒欠我了，我也不想讓你欠。」

「謝謝妳對我的好，讓我以為我真的值得被人家這樣對待跟愛。」

我沒有辦法再回應什麼，只能對他說，「祝你重新開始順利。」

他點了點頭，很小心地張開手臂，想給我一個擁抱，又害怕被我拒絕。我上前一步，緊緊抱住他，很多話跟眼淚梗在喉頭，最後我只能說一句，「加油。」接著放開他，我看著聖勇抹去眼淚，我相信他愛過我，更相信他也還愛我。

只是兩個人在一起，光靠愛是不夠的。

「好好照顧自己，不要只知道照顧家人跟別人，不要讓自己太累，不要勉強自己，妳都說要誠實面對自己的情緒，可是妳總是把自己的心情藏到最深處，妳沒有義務要同理任何人或體諒任何人，菲，妳可以任性的。」

我忍著眼淚，沒有回答，他摸摸我的頭後，朝身後的方亦川點了個頭便轉身離去，徹底離開了我的世界，那個差點可以共度一輩子的伴，還是成了我人生的某個過客。

好難，真的好難。

方亦川不知道什麼時候站到我身邊，但一句話也沒說，我轉頭看見他正在看我，他馬上一臉心虛地退了一步，若無其事地東張西望，我打量他一眼，「你是想安慰我？」

他還挺嘴硬地說，「有什麼好安慰的，妳現在沒負債了耶。」

「謝謝。」我知道要再把機器買回去，可能得花不少力氣跟公司溝通，但方亦川這麼做了，他讓聖勇的損失降到最低，也讓我不用背債，我知道這是他努力的方式。

「我又沒幹嘛。」他不以為意地說。

我瞪了他一眼，「好好接受別人的謝意，會要你的命嗎？」

「妳要謝謝妳自己吧。」

「什麼意思？」

「是張聖勇來先來找我的，他求我幫他，說一切都是他的錯，他願意接受任何懲處，但一定要保證妳不會受到牽連，我只是做了雙方都可以接受的協議，是妳讓他願意出來面對的。」

我打量著方亦川，問他，「你不是說我很天真？」

「我現在還是覺得妳很天真，妳只是運氣很好。」

「運氣很好也是本事，你運氣也不錯啊。」

他不以為然地看著我，好像我在說什麼大笑話，我很認真地點頭，「你擁有的也很多，只是你以為你沒有，每個人都一定被愛過，就算只有一瞬間，也一定有感受過愛的幸福，你媽也很愛你，如果你肯給她機會，你就會擁有被愛的快樂……」他才想開口否定我的話，但我馬上打斷他，「我沒有要對你長篇大論，我只是覺得，好不容易可以當一次人，從現在開始，我只是想痛快而且誠實地活著。」

「妳怎麼不去傳教？」

「你要信仰我了嗎？歡迎捐款。」我打開紙袋，示意他可以投錢。

他沒好氣地笑了，「瘋子。」

「我突然覺得這是稱讚，當個瘋子好像也不錯。怎樣？要上去吃碗泡麵嗎？想跟我一夜情嗎？還是我教你怎麼練瑜伽……」我話還沒有說完，方亦川已經被我嚇跑了，我看著他的背影，大笑出聲，然後很用力地大吼出聲，「方亦川，謝謝你！」

這個晚上，我好好地睡了一覺，直接睡了十四個小時，我醒來的時候，已經下午了，好久好久沒有因為睡得太好而得到救贖，誠實服從身體的欲望，才是真正地面對自己。

然後我起床做了幾個伸展活動，覺得自己整個活過來，需要進食。

於是我到廚房給自己煮了一碗加了三顆蛋的泡麵，這泡麵是當初因為聖勇愛吃而買的，我為了追求健康及良好的體態，盡量少吃這種垃圾食物，雖然酒也是垃圾，有些男人也是，可我依然會愛，人終究逃不過自己的欲望。

今天我就想當個快樂的垃圾。

把麵丟進鍋裡煮的時候，門鈴聲響了，我有點不開心，卡在這種不上不下的時候，絕對會影響泡麵的口感，我只能暫時先關火，希望不管進來的是誰，都不要打擾我追求變成垃圾的美好時光。

我去開門，很意外地看見我爸媽還有我哥、我妹站在門外。

他們看著我，但我卻讀不出他們的情緒，也不清楚他們的來意，我只能讓個位置，方便他們進屋。用不著我招呼，他們已經直接入座了，也是，對他們來說，一家人還需要招呼什麼，我家就是大家的家。

我坐到單人沙發上，看著眼前的四個人，「有什麼事嗎？」

我爸先開口了，「妳那天說幫男友背債務是真的嗎？妳真的欠人家這麼多錢？還真的借那麼多錢給男朋友？都還沒結婚，為什麼要有金錢上的往來？妳一向是我們家裡最聰明，也最不用讓人擔心的，怎麼把自己搞成這個樣子？然後脾氣還那麼大，上次我們什麼話都還沒說，妳人就走了，現在是把我們當什麼了？」

「所以你是來怪我這個不用讓人擔心的女兒丟你的臉了？」

我媽沒好氣地接腔，「我們是來關心妳的，妳態度一定要這樣嗎？」

「我感受不到你們的關心。」我直說。

「到底欠多少？我拿錢給妳。」我爸重重嘆了口氣。

我妹也在旁邊附和，「我跟爸說過了，不管怎樣，是家人就要幫忙，妳就直接說差多少，爸會先幫妳還，妳之後有錢再慢慢還他就好。」我哥也趕緊說：「我有勸媽不要唸妳，妳不是故意的。」

我看著眼前的爸媽，他們沒有看我，只是滿臉哀怨，我苦笑出聲，「現在聽起來的意思是，我要謝謝簡凌安幫我說話，爸才肯幫我還錢，還要謝謝簡凌誠開了金口，讓媽不要唸我？我要感謝你們大家？」

我媽整個人爆氣瞪著我，「不然妳到底還要怎樣？現在做錯事的人是妳，妳怎麼還在對我們耍脾氣？」

「我做錯什麼了？」我不能理解，「我從頭到尾沒有妄想過要你們來幫我，我有對你們任何一個人開口嗎？沒有。所以我不懂，你們來這裡，說了這些表面上關心但實際卻是施捨的話，要我向你們道謝嗎？媽，我也是妳的女兒，我也姓簡，但我沒有那麼犯賤吧？」

我爸氣得拍桌大罵，「妳不要太過分，我們大家在幫妳想辦法，妳還一張嘴不饒人，我也是好好把妳養大了，沒讓妳多餓過一頓，妳現在是怎樣？覺得我欠妳什麼嗎？」

我看著我爸，心情很平靜地對他說：「就是知道你跟媽就算不是最疼我，但好歹也把我養大，所以你們對我的任何要求，我也盡量答應，實際上你們只養了我十八年，之後我靠的是自己！因為爸說簡凌安的程度只能念私立學校，負擔大，所以讓我這個姊姊去賺自己的學費，媽說簡凌誠是家裡唯一的男丁，得要出國見識見識，資源得給簡家金孫，我也沒說話，你們不能偏心了還覺得自己公平吧，算一算，我也給了家裡二十年的孝親費，可以扯平了吧？」

我媽咆哮出聲，「妳這什麼意思？沒有我懷胎十月，會有妳嗎？」

「辛苦妳了，我也都是這樣說服我自己，才忍受妳對我的情緒勒索，但現在我不想再當一個跟在你們後面，等著你們想到的時候才回頭看我一眼的女兒。謝謝你們專程來一趟，讓我見識到，這一輩子，你們的偏心都不會改變，你們是撫養我長大，可也因為你們，所以我沒有長好。從現在開始，我想好好過日子，我想活下去，所以暫時當不了簡家的女兒。我的事情我自己會處理，不需要爸給我錢，也不需要任何人來責怪，或是替我說話，那很做作。」

我妹憤怒地指責我，「姊，妳真的變了很多，談個戀愛，談到腦子都壞了嗎？」

「你們回去吧，悠悠快放學了吧，還有圓圓滿滿不需要人照顧嗎？而且因為你們來，我的泡麵已經爛掉了。」

我的家人因為我這句話而勃然大怒，深深覺得我沒救了，氣得奪門而出，我哥甚至用力摔門。我把禁錮我一輩子的家人，從我心裡驅逐出境，我竟感到無比輕鬆。我去廚房端來已經沒有湯汁的的泡麵，每吃一口都是滿足。

人生的功課不只是愛情，親情也是，我自己把這兩科給當了，學分沒有修過，但至少我可以好好活下來了。

接著，我的手機震動起來，來電顯示是方博昱，我好奇地接起，「幹嘛？主任找你麻煩？」

「學姊，妳快去收email，妳可以回來上班了！貝貝的媽媽早上來過，她把事情解釋清楚了，人事室剛剛也已經發通知了。」方博昱一說完，我就掛他電話，趕緊查看信箱，我被復職了。

能回去工作，我以為自己應該會很開心，但我卻沒有想像的那麼興奮。

我告訴自己要知足，鐵飯碗又回來了，哪來那麼多情緒，我勸慰自己，好好收拾近日打亂的生活步調，洗衣服、整理家務，整理好一切之後，我努力嘗試找回上班時的作息，想早早入睡，卻怎麼也睡不著。

隔天，我頂了兩個超大的黑眼圈進單位，同事看到我，一如往常，沒有人特別開心，也沒有什麼反應，畢竟我們的感情本來就沒有多深厚，我回來只是能替他們分擔工作，我們都只是金錢的僕人。唯一的例外是方博昱，他超開心的，一直嘰嘰喳喳，說著單位最近氣氛如何，然後他靠到我耳邊說：「學姊，我快裝傻裝到變白癡了，故意把事情做錯真的很痛苦。還有還有，昨天主任還叫我陪他去找議員，我就裝肚子痛躲廁所，厲害吧？」

我淡淡看他一眼，「需要幫你拍手？」

「是不用啦。」他搔搔頭，傻笑著。

我警告他，「工作！」

他馬上點頭，把注意力拉回工作上。下一秒，我就被主任叫進他的辦公室，真的好煩，有時候就是很單純地想把自己的事做好，卻要被這些人拖累，原本還同情他是個孝子，但看他完全沒有要改過的樣子，也沒什麼好說的，自己造的孽就自己擔，別想叫我幫忙。

我站到他面前，他笑笑地恭喜我，「沒想到妳還能回來上班，滿幸運的。」

「這跟幸運沒關係，有做的事我就承認，沒做的話，老天爺自然會有公道，不是嗎？」

「我發現妳休個幾天，講話都變大聲了。」

「可能是我講的話主任不愛聽，覺得特別刺耳吧。」

「做人要懂得感恩，主要是我讓人事室不要再追究，不然妳以為妳真的能那麼快回來上班嗎？」

「所以呢？又要威脅我，叫我幫你說好話，叫別人不要檢舉你跟議員的破事？」

主任嚇得站起來指著我大吼，「嘴巴放乾淨一點，不要隨便栽贓別人。」

我才正要反駁，門口突然傳來一陣急促的敲門聲，沒等主任回應，門被推開了。

兩位政風室的專員站在門口，臉色冷峻，其中一位開口說：「主任，我們這邊接到相關檢舉，請您立刻配合調查。」

另一位收拾主任桌上的筆電，一邊說道：「您可以攜帶個人物品，但電腦設備及公務手機，我們這邊要封存初步資料。」

空氣瞬間凝住。

主任臉色一沉，不安地乾笑，「你們搞錯了吧？」

「我們目前已經掌握了前員工謝育仁的書面證詞，還有金流文件。請您配合。」政風室的人一說完，我整個人嘴巴都嚇到張開了，居然還能聽到謝育仁這個名字，他主動出來檢舉的嗎？不可能吧？

而這時主任像是被重拳打中，完全說不出話，臉上原本掛著的自信表情像被風刮走，臉色蒼白得近乎透明。他被帶出辦公室的那一刻，轉頭瞪著我，天啊，他該不會以為我有本事找謝育仁出來檢舉他吧？我還以為謝育仁是他的同夥呢，我才沒有那麼厲害，我又不是方亦川……

當我心裡一浮現這個名字，便立刻衝出主任辦公室，不管同事們各自三姑六婆八卦地討論著到底發生了什麼事，我拿出手機打給方亦川，他很快就接起來了，「幹嘛？」

我劈頭就問，「是你嗎？」

「妳有病喔，這我的電話號碼，接起來的不是我，難道是鬼嗎？」

「我是說……」我差點大聲講出「主任」兩個字，連忙壓抑情緒，小聲地說：「我們主任被調查了，是你舉發的吧？連謝育仁也是你找來的吧？」

「不用謝我。」他說，然後很自大地掛了電話。

辦公室裡還在喧鬧著，其他處室的人也都來湊熱鬧，大家好像非得把真相搞清楚才願意上班，就連方博昱也是一臉疑惑，很擔心地拉著我問，「學姊，我有碰那包錢，我會有事嗎？」

「不會的。」我相信方亦川不會讓他弟弟有事的。

我坐在位置上，卻沒有心思工作，我看著成疊的文件，突然覺得自己這份工作做得太久，已經像個行屍走肉，接下來，我還要這樣過下去嗎？反正現在有沒有鐵飯碗對我來說已經不重要了，這不是我的優點，也不是我藉以爭取被疼愛被選擇的工具。

於是，我在我的座位上發呆了一整天，回來上班的第一天，我的進度是零，下班前五分鐘，我終於做了決定，寫下辭呈。

接著把主任叫我進辦公室，要我勸方亦川，並拿方博昱來威脅我的錄音檔，從手機裡截取出來。我也是會自保的，打從要接下標案的工作，我只要是跟主任談論公事，就會錄音。

沒有想過會在這時候派上用場，我決定放下這一切，未來的事改天再說，但我現在可以很確定的是，我不想再做這份工作了。於是我把錄音寄到政風室，並表示願意配合調查，我要離開這個工作環境，我要去一個會讓我真正快樂的地方。

我要吃飯，但我不想吃吞不下去的飯了。

所有人都對我的決定感到十分訝異，吳大姊覺得我瘋了，「好不容易可以回來，妳幹嘛自己辭職，現在外面工作沒有那麼好找，妳不要鬧了！」

我沒有鬧，我是第一次如此認真地為自己考慮，為自己下了這個決定。

收拾完我所有私人物品，我覺得銬在自己腳上的最後一道腳鐐也被我扯斷了，此時此刻，我感到前所未有的自由，甚至沒有任何恐懼。

我回到家，把悠悠送還給我的咧嘴娃娃掛在包包上，對於我的未來，我開始有了真正的想像，我要當個愛笑的人，我不要再討好整個世界，我要溫柔地，為自己發光。

我看著咧嘴娃娃不停笑著，這時，我的手機響了，我很意外地看著手機上的來電者名稱，然後接起電話，「幹嘛？」

「吃飯沒？」

「幹嘛？不可能知道我失業，要請我吃飯吧？」

「吃不吃？」

「也不是不行。」

「不要囉嗦，到底要不要？」

「我想吃好的，最好一客三千起跳，然後有鋪紅地毯……」

「是叫妳吃飯，不是叫妳做夢，下來。」

「啊？」什麼意思？

「難道要我學網路上說，凌菲公主請下樓嗎？快點下來，不然妳自己搭車。」方亦川說完掛了電話，而我還在思考他剛才到底在說什麼，是他已經在樓下的意思嗎？

我隨意套了件外套，背了包包下樓，他的車就停在門口。看見我，他按下車窗，「上車啊！幹嘛？還要我幫妳開車門？」

是不用，但我真的很意外，我上了車，滿肚子都是疑問，「你怎麼那麼好，要請我吃飯還來接我，真的是很可憐我喔。」

他沒理我，看了眼我包包上掛的娃娃，「好醜。」

「我開心就好，少囉嗦。」我珍惜地撫著娃娃，一路上都在聽著方亦川是怎麼找到謝育仁，然後利用他來對付主任跟議員，他講得口沫橫飛，像是出了一大口氣似的，可是我一點都不在乎了，那對我來說完全不重要，我突然轉頭看向方亦川，「其實你也是擔心方博昱，才會這麼快出手吧？」

方亦川臉瞬間歪掉，被我說中，但我沒有笑他，這是我的溫柔。

到了居酒屋，老闆給了我們四人座的位置，我好奇地問，「我們只有兩個人。」然後方亦川說，「我訂了三位。」

我還在好奇第三位是誰時，方博昱出現了。

他一臉比做夢更像做夢地走進來，哽咽著對方亦川說：「哥，我沒想到你也會約我……」

「不要吵，先看要吃什麼。」方亦川有些害羞地別過頭，假裝看菜單，我實在忍不住虧他，「有這種哥哥真好呢。」

方博昱也附和我，「我也覺得，我終於有哥哥了對嗎？」

我點點頭，然後舉起水杯，對全場所有客人說：「大家！」我拉著方博昱喊著，「他有哥哥了！他終於有哥哥了！」我指向方亦川，開心歡呼，客人也跟著歡呼，反正不管在開心什麼，開心永遠是對的。

方亦川死瞪著我，他現在肯定很後悔帶我們來吃飯，可是我不在乎，看著他彆扭的臉，我就是忍不住想笑，他氣得碎唸，「再笑真的嫁不出去。」

我還是笑，「沒關係，就算嫁不出去，也一定會有人愛我。」

「這麼確定？」

「對，就是這麼確定，信不信？要不要賭？」我拿起酒杯問他，他沒理我，也拿起他的酒杯，和我碰了一下，然後微笑啜飲一口。

「等一下一起去看你媽吧。」我向方亦川提議，他沒好氣地看著我，「不要得寸進尺。」

「你這話不對喔，我們是去看你媽，不是我媽耶，怎麼算是我得寸進尺？是怕你想看又不好意思，我跟博昱陪你一起去，你該感謝我們吧？」我推了推方博昱，要他附和我，方博昱用力地點了點頭。

方亦川不理我們，自顧自地吃東西，但我知道，他會去。

我忍不住對他說，「方亦川，其實你人也不差，但你知道你有個壞習慣嗎？就是喜歡把人想成壞的，這是沒有安全感的一種表現！如果到最後真的確定這些人是壞人，你就會覺得自己好棒好強好厲害，覺得保護到自己對不對？可是日子又不是用來拚輸贏的，是用來感受的，你一直感受到的只有恨意跟不耐，不覺得可惜嗎？人生還有很多感覺呢……」

「閉嘴，吃妳的東西。」他把串燒放到我碗裡，不耐地說著。

但我沒有放棄，繼續發表高見，「是朋友才勸你耶，我們是朋友了吧？」

他沒好氣地說：「是朋友就不要廢話那麼多。」

「所以你真的有把我當朋友對吧？我就說嘛，你就是刀子嘴豆腐心……對不對，博昱？」

方博昱邊吃邊小心地點了點頭。

方亦川氣炸，「妳現在是覺得自己有靠山了？」

「不只一個呢。」我笑笑地撥出電話，把海洋、一銘跟品潔也找來，三人聚會變成六人，嘰嘰喳喳，意外的是，方亦川居然跟他們也能聊得熱絡，我看著大家開心地吵吵鬧鬧，吵到最後，我已經茫到聽不清大家在說什麼，但是我的微笑從來沒有停過。

我想我永遠會記得這頓飯裡，有笑聲、有溫暖、有不說破的體貼，在這個世界夠糟的時候，我們都需要這種會讓人想再多活一下的晚餐。

人生其實也沒那麼難熬，只要身邊有幾個願意一起廢話、一起吃飯、一起留下來的人，而我始終相信，我一定會幸福的……

總有那麼一天的。

這世界沒變溫柔，
是我學會了，不再帶著傷口去愛人，
微光雖然沒那麼耀眼，
但足以照我，一個人，慢慢往前走。

〔全文完〕

後·記

成為自己的光

通常習慣寫後記，是為了分享寫完這個故事的心情。

但這次不一樣，我比較想說，我為什麼想寫這個故事。

我從三十歲的輕熟女寫到四十幾歲的熟女，很多讀者從國中到已經結婚，甚至還有小孩，所有人都在經歷人生的改變，我其實也是。

雖然變得不多，依然未婚，依然沒有孩子，但年紀就像一條丟進湖裡的釣魚線，每天都不知道自己拉起來的是垃圾還是一條魚，不管活到幾歲，活著的每一天要不是驚嚇就是驚喜。

我曾說過，故事裡的每個角色都像我，也像所有看著書，心裡感覺被認同的每一個人，雖說小說不能寫太討人厭的女主角，因為大家看了會不耐、會厭煩，可是我偶爾站在別人的角度來看自己……

我也是個滿討人厭的人。

其實大家都是吧，總有不被喜歡的地方。

就好比凌菲的隱忍、戀愛腦、自以為正面的天真無邪，還有明明想保持距離，卻還是忍不住會多管閒事，她喜歡自責，容易檢討自己，過分努力，習慣討好別人來證明自己的存在，常常說服自己沒關係，壓抑不快樂來讓別人快樂。

她真是我寫過覺得最煩人，但也最像所有不願意面對自己缺點的人，偶爾寫著寫著，就會忍不住說，哪來的瘋女人？可是看完又覺得，這就是我啊！好像好像我，不管發生什麼事，第一個念頭永遠是我哪裡做得不夠好？

被傷害了，也願意相信對方不是故意的，這種相信其實只是在安慰自己，但事實上，沒有喔，被傷害就是被傷害，被捅一刀也是真的，畢竟對方選擇拿起刀的時候，他就是要傷害你了，為犯罪的人說話，是天底下最鄉愿的事。

可是，這個道理是我這兩年才明白的事。

很多人會想像四十幾歲的女人，是不是活得很清楚明白透澈，或許有些人是，他們經歷過很多人生的歷練，知道怎麼保護自己、怎麼選擇自己要過的生活，過得萬分精緻，成為很多人羨慕的對象。

我想我這輩子都無法成為那樣的精緻女人，可是我可以成為精緻澱粉？（不知道為什麼，年紀愈大愈喜歡吃蛋糕麵包。）好的，這也不是重要，我只想說，每個人都有適合活著的樣子，就算不惹人喜歡也沒有關係，重點是自己要快樂。

不管寫了多少本書，我想講的永遠都只有一件事，就是要快樂。

希望大家可以給自己多一點耐心，隨時給自己一些鼓勵，偶爾可以討厭自己，但更要常常喜歡自己，不用勉強自己變成多好、多成功的人，但要成為自己的光，照亮自己要走的路。

我愛你們。

雪倫

國家圖書館出版品預行編目資料

微光／雪倫著 -- 初版. -- 臺北市：商周出版，城邦文化事業股份有限公司出版；英屬蓋曼群島商家庭傳媒股份有限公司城邦分公司發行；2025.08
288面；14.8*21公分 --

ISBN 978-626-390-583-2（平裝）

863.57　　114007677

線上版讀者回函卡

微光

作　　者／雪倫
企畫選書／楊如玉
責任編輯／魏麗萍、楊如玉

版　　權／吳亭儀
行銷業務／周丹蘋、林詩富
總 編 輯／楊如玉
總 經 理／賈俊國
事業群總經理／黃淑貞
發 行 人／何飛鵬
法律顧問／元禾法律事務所　王子文律師
出　　版／商周出版
城邦文化事業股份有限公司
115台北市南港區昆陽街16號4樓
電話：(02) 25007008　傳真：(02)25007759
E-mail：bwp.service@cite.com.tw
發　　行／英屬蓋曼群島商家庭傳媒股份有限公司 城邦分公司
115台北市南港區昆陽街16號8樓
書虫客服服務專線：(02)25007718；25007719
服務時間：週一至週五上午09:30-12:00；下午13:30-17:00
24小時傳真專線：(02)25001990；25001991
劃撥帳號：19863813；戶名：書虫股份有限公司
讀者服務信箱：service@readingclub.com.tw
城邦讀書花園：www.cite.com.tw
香港發行所／城邦（香港）出版集團有限公司
香港九龍土瓜灣土瓜灣道86號順聯工業大廈6樓A室；E-mail：hkcite@biznetvigator.com
電話：(852) 25086231　傳真：(852) 25789337
馬新發行所／城邦（馬新）出版集團 Cite (M) Sdn. Bhd.
41, Jalan Radin Anum, Bandar Baru Sri Petaling, 57000 Kuala Lumpur, Malaysia.
Tel: (603) 90563833　Fax: (603) 90576622　Email: service@cite.my

封面設計／李東記
版型設計／鍾瑩芳
排　　版／芯澤有限公司
印　　刷／高典印刷事業有限公司
經 銷 商／聯合發行股份有限公司
電話：(02)2917-8022　傳真：(02)2911-0053
地址：新北市231新店區寶橋路235巷6弄6號2樓

■2025年8月初版
定價340元　　Printed in Taiwan

城邦讀書花園
www.cite.com.tw

版權所有，翻印必究 ISBN 978-626-390-583-2（平裝）
9786263905856（EPUB）